イグナイト ミー
少女の想いは熱く燃えて

㊦

タヘラ・マフィ

金原瑞人　大谷直弓　訳

目次

装幀♣森坂芳友（デザインスタジオ　サウスベンド）

2 再会

「七分後に出かける」

ウォーナーとわたしは外出できる服装で、ただの知人のように話をしている。ゆうべのことなど、なかったみたいに。ドゥラリューが運んできてくれた朝食を、わたしたちはそれぞれ別の部屋で静かに食べた。会話は一切なかった。彼のことも、わたしのことも、わたしたちふたりのことも、なにが起こりそうだったかも、これからなにが起こるかも。

〝わたしたち〟は存在しない。

あるのは、アダムの不在と、再建党への反撃。それだけ。

わたしには、もうわかる。

「おまえを連れていくこともできる」ウォーナーがいう。「だが、今回の外出では、おまえを変装させるのは難しいだろう。なんなら、トレーニングルームで待っていてもいい――わたしが彼らを直接そこへ連れていく。そこにいれば、彼らが到着次第すぐ会える」彼はようやくわたしを見る。「それでいいか？」

わたしはうなずく。

「よし。それでは、行き方を教えよう」

彼は自分のオフィスへうながし、奥の片隅《かたすみ》にあるソファのそばへ行く。そこには出口があった。わたしがゆうべここに入ったときには気づかなかった出口だ。ウォーナーが壁のボタンを押すと、ドアがスライドして開いた。

エレベーターだ。

わたしたちはエレベーターに乗りこみ、彼が一階のボタンを押す。ドアが閉まり、エレベーターが動きだす。

わたしはちらりと彼を見上げる。「オフィスにエレベーターがあったなんて、ちっとも知らなかった」

「トレーニング施設へ通じるわたし専用の通路が必要だったんだ」

「ずっとそればっかり。トレーニングルームとか、トレーニング施設とか。いったいなんのこと？」

エレベーターが止まる。

ドアが開く。

彼がドアを押さえ、わたしを通してくれる。「これだ」

こんなにたくさんのトレーニングマシンを見るのは、生まれて初めてだ。ランニングマシン、レッグマシン、腕や肩や腹筋を鍛《きた》えるマシン。バイクのような形のマシンもある。名前もわからないマシンもある。わたしが知っているのは、ベンチプレスとか。それと、ダンベルも知っている。ダンベルはあらゆるサイズのものが、何段もの棚《たな》に置かれていた。ウェイト、と呼ばれているものだと思う。フリーウェイト。天井に取り付けられたバーもいくつかあるけれど、なんのためのものかは想像もつかない。部屋じゅうにたくさんの器具がある。わたしにはまったくなじみのない場所だ。

しかも、壁までそれぞれ違う用途に使われている。

壁のひとつは、石か岩でできているようだった。そこには小さい溝が何本もあって、色とりどりのプラスティック片のようなものが取りつけられている。別の壁は、びっしりと銃におおわれている。数百丁の銃が壁に埋まったペグに掛けてある。銃はどれもきれいだった。まるで磨かれたばかりのように輝いている。その壁にドアがひとつある。どこへ通じているんだろう？　三つ目の壁は、床と同じ黒いスポンジのような素材におおわれていた。やわらかくて弾力がありそうだ。そして残るひとつの壁には、わたしたちがさっき下りてきたエレベーターと、もうひとつのドアがあるだけ。

そこは、とてつもなく広い空間だった。ウォーナーの寝室とウォークインクローゼットとオフィスを合わせたものの、少なくとも二倍か三倍はある。これだけのものが、たったひとりの人間のためにあるなんて、信じられない。

「すごい」わたしは彼のほうを向く。「これ全部、あなたが使うの?」

彼はうなずく。「たいてい、一日に少なくとも二、三回はここですごす。負傷していたときはやめていたが、だいたいは、そうしている」足を踏みだし、やわらかい黒い壁に触れる。「物心ついてからずっと、こういう人生を送ってきた。トレーニングだ。ひたすらトレーニングを積んできた。おまえとも、ここから始めようと思う」

「わたし?」

ウォーナーはうなずく。

「でも、わたしにトレーニングはいらないわ。こういうのは必要ない」

彼はわたしと目を合わせようとするけれど、できない。

「もう行かなくては」彼はいう。「ここに飽きたら、エレベーターで戻ればいい。このエレベーターは、ここのとわたしのオフィスにしか止まらない。だから迷子になる心配はない」彼はブレザーのボタンを留める。「できるだけ早く戻る」

「わかったわ」

彼はそのまま立ち去ると思ったけれど、そうはしない。「わたしが戻る頃」やっと口を開く。「おまえはまだここにいるだろう」

わたしに質問したわけじゃない。

それでもとにかく、わたしはうなずく。

「どう考えても」彼はとても小さい声でいう。「おまえは逃げてしまいそうだな」

わたしはだまっている。

彼は荒く息を吐くと、くるりと背を向けて立ち去った。


ベンチのひとつにすわって五ポンド（強2kg）のダンベルをいじっていると、彼の声がした。

「ぶったまげた。こいつは本格的だ」

わたしは飛び上がり、危うくダンベルを足に落としそうになる。ケンジ、ウィンストン、キャッスル、ブレンダン、イアン、アーリア、リリーの全員が、銃におおわれた壁にある室内ドアから入ってくる。

ケンジがわたしに気づいて顔を輝かせた。

走ってきたわたしを、ケンジは両腕で受け止め、ぎゅっとハグをして放す。「驚いた。やつに殺されてなかったのか。こいつはいい兆候《ちょうこう》だ」

わたしはケンジを軽く押しやり、にやっとしそうになるのをこらえる。

ひとりひとりにさっと挨拶《あいさつ》する。みんながここに来てくれたのがうれしくて、文字通り弾《はず》んでしまう。ところが、みんなはショックを受けたようすで室内を見回している。まるで、ウォーナーに嵌《は》められたと思っているみたい。

「ここにはロッカールームがある」ウォーナーがエレベーター脇のドアを指して、みんなに説明する。「じゅうぶんな数のシャワーとトイレ、獣《けもの》のような体臭になるのを防ぐのに必要なものがすべてある。タオル、石鹸、洗濯機、なんでもそろっている」

わたしはウォーナーばかり気にしていて、隅《すみ》にドゥラリューが立っていることにいままで気づかなかった。

驚きを押し殺す。

ドゥラリューはだまって立っている。両手を後ろで組み、ウォーナーの話に聞きいるひとりひとりを注意深く観察している。わたしの頭にまた疑問が浮かんだ――ドゥラリューって何者？　なぜ、ウォーナーはこんなにも彼を信用しているの？

「食事は一日三回支給される」ウォーナーは話している。「食べなかったり、あるいは食べそこねて空腹になったりしたら、遠慮せずシャワーで涙を流せばいい。それから、一日のスケジュールを組むんだな。文句は受けつけない」

「おまえたちはすでに武器を持っている」ウォーナーはつづける。「だが見てのとおり、この部屋にも多数の武器が保管されている――」

「すばらしい」イアンが声をもらす。ひどく興奮したようすで、壁にかけられたライフルへ近づいていく。

「わたしの武器に触れたら、そいつの両手をつぶす」

ウォーナーの言葉に、イアンはその場に凍りつく。

「この壁には近づくな。いっさい手を触れるな、おまえたち全員だ」ウォーナーは室内を見回す。「それ以外はなんでも自由に使っていい。だが、ひとつでも壊されては困る。どれも元通りにしておくこと。それから、定期的にシャワーを浴びない者は、わたしの三メートル以内に近づかないように」

ケンジが鼻を鳴らす。

「わたしには仕事がある。一九〇〇時《イチキユウマルマルじ》に戻る予定だ。そのときにもう一度集まって、話し合おう。それまでの時間を利用して、この状況を把握《はあく》しておくんだな。眠るときは、隅《すみ》にある余分なマットを使っていい。当然、毛布は持参しているだろうな」

アーリアの手からバッグが滑り、ドスンと床に落ちた。みんなの注目を浴びて、アーリアは真っ赤になる。

「質問は？」とウォーナー。

「ある」ケンジがたずねる。「薬はどこだ？」

ウォーナーがドゥラリューにうなずく。ドゥラリューはまだ部屋の隅《すみ》に立っていた。

「わたしの副官に、怪我《けが》や病気をくわしく伝えろ。彼が必要な薬を用意する」

ケンジはうなずく。納得のしぐさだ。実際、うれしそうな顔をしている。「サンキュ」

ウォーナーは一瞬ケンジと目を合わせる。「気にするな」

ケンジは驚いた顔になる。

わたしでさえ、びっくりしている。

そのとき、ウォーナーがわたしを見た。ほんの一瞬こちらを見て、目をそらす。やがて、無言でエレベーターのボタンを押した。

エレベーターに乗りこむ。

彼の後ろで、ドアが閉まった。


ケンジは心配そうにわたしを見ている。「いったい、さっきのはなんなんだ?」ウィンストンとイアンもこちらを見て、とまどいの表情を隠そうともしない。リリーは自分の荷物を出している。キャッスルはじっとわたしを観察している。ブレンダンとアーリアはおしゃべりに夢中だ。

「どういう意味?」わたしはなんでもないふりをしようとするけれど、たぶん耳が真っ赤だと思う。

ケンジは片手で首の後ろをつかみ、肩をすくめる。「おまえら、喧嘩《けんか》でもしたのか?」

「ううん」わたしはあわてて答える。

「やれやれ」ケンジはこちらに疑いの目を向ける。

「アダムは?」わたしは話題を変えようと、たずねた。

ケンジは長々と息を吐き、目をそらす。目をこすって自分のバッグを床に放り、壁にもたれる。「あんたに嘘をつくつもりはねえよ」ケンジは声を落とす。「今回のケントとのいざこざには、正直まいってる。あんたらのメロドラマのせいで大混乱だ。ケントのやつ、簡単にはおれたちを行かせてくれなかった」

「どういうこと？　アダムはもう戦いたくないっていってたじゃない――」

「ああ、そのとおりだ」ケンジはうなずく。「けど、だからって、ほかの仲間までいっぺんに失っていいって意味じゃなかったのさ」

わたしは首をふる。「アダムったら、わざと困らせようとしてるみたい」

「まあな」ケンジはまたため息をつく。「ともあれ、プリンセス、あんたと会えてうれしいが、おれはくたくただ。それに腹が減ってる。ついでに、いらいらしてる」ケンジは片手をふると、床にどすんとすわりこんだ。

わたしになにか隠している。

「なにがあったの？」わたしはケンジの前にすわって、声を落とす。

ケンジは顔を上げて、わたしの目を見る。

「ジェイムズが恋しいんだよ、わかるか？　あのぼうずがいなくてさびしいんだ」ひどく疲れた口調だ。目にも疲労が浮かんでいる。「ジェイムズを置いてきたくなかった」

　わたしの心は急激に沈む。

　当然だ。

　ジェイムズ。

「本当にごめんなさい。ジェイムズをいっしょに連れてくる方法があったらよかったのに」

　ケンジはシャツの糸くずを払うようなしぐさをする。「おそらく、ジェイムズはあそこにいたほうが安全だろう」といっても、そう思っていないのは明らかだ。「ケントが態度を改めてくれさえすりゃあいいんだが」

　わたしはひるむ。

「あいつさえ立ち直ってくれりゃあ、この計画はもっとすごいものになるんだがなあ」ケンジはいう。「けど無理だ、あいつは完全にイカれてて、わけわかんねえし、なにかってえと大騒ぎだ」ふうっと息を吐く。「いちいち感情的になりすぎるんだよ」それから急にいう。「あいつにとっちゃ、なにからなにまで一大事だ。なるようになれって、放っておくことができねえ。冷静に自分の人生を進んでいくってことができねえんだな。おれはただ……いや、わかんねえ。なんだ。ただ、ジェイムズにここにいてほしかった。ぼうずがいないと、調子がでねえ」

「ごめんなさい」

ケンジは変な顔になる。なにもないのに片手をふる。「どうってことねえよ。すぐ元気にならあ」

わたしが顔を上げると、ほかのみんなはすでに散らばっていた。キャッスル、イアン、アーリア、リリーはロッカールームへ向かっている。ウィンストンとブレンダンは室内を歩き回っていて、いまはロッククライミングの壁にさわって話をしているけれど、こちらまでは聞こえない。

わたしはさっとケンジに近づき、両手で頬杖《ほおづえ》をつく。

「ところで」ケンジが口を開いた。「二十四時間会わないうちに、あんたとウォーナーは〝ドラマチックに抱き合おう〟モードから、〝ふん、あっちへ行って〟モードに変わっちまったのか？」ケンジは下に敷かれたマットを指でなぞっている。「こいつはおもしろい話が聞けそうだ」

「どうかしら」

「まさか、おれにいわないつもりじゃねえだろうな？」ケンジはむっとして顔を上げる。「こっちはなにもかも話してるんだぞ」

「ぜったい話してないと思う」

「生意気いうんじゃねえ」

「ねえ、本当になにがあったの、ケンジ?」わたしは彼の顔をじっと見る。なんとかユーモアを忘れまいとする彼を見つめる。「今日のあなたはいつもと違う。心ここにあらずって感じだわ」

「なんでもねえよ。いっただろ。ジェイムズを置いてきたくなかっただけだって」

「それだけじゃないでしょ?」

ケンジはなにもいわない。

わたしは自分のひざに目を落とす。「わたしにはなんでも話していいのよ。あなたはいつもわたしの力になってくれる。わたしだって、あなたに話相手が必要なときはいつでも聞いてあげるわ」

ケンジはあきれた顔をする。「おれがあんたの〝正直に打ち明けて〟に乗らねえからって、罪悪感を抱かせようとするのはやめてくれないか?」

「わたしはそんな――」

「おれはとにかく――サイテーの気分なんだ、わかるか?」ケンジは脇へ目をそらす。

「変な気分だ。今日は、怒りを爆発させたい気分なんだよ。理由もなく、人の顔を殴りつけたい気分なんだ」

わたしは両ひざを胸に引き寄せ、ひざの上にあごをのせる。うなずく。「大変な一日だったのね」

ケンジはうなる。うなずいて、壁を見る。拳骨《げんこつ》をマットにめりこませる。「ときどき、くたびれ果てちまってよ」自分の拳《こぶし》を見つめ、やわらかいマットについた拳の跡を見つめる。「なんてえか、ほんとにうんざりしちまうっていうか」彼の声が急にぐっと小さくなって、もうわたしに話しかけていないんじゃないかと思う。わたしには彼の喉《のど》が動いているのが見えて、たくさんの感情が胸に詰まっているのがわかる。

「絶えず人がいなくなる」ケンジはいう。「毎日のように仲間を失っていく。来る日も来る日も、毎日だ。いいかげんうんざりだ――うんざりだ、勘弁してくれよ――」

「ケンジ――」わたしは声をかけようとする。

「あんたがいなくなったときもさびしかった、ジュリエット」ケンジはまだマットを見つめている。「昨夜、あんたがあそこにいてくれたらよかった」

「わたしもケンジがいなくてさびしかったわ」

「おれには、ほかに話せるやつがいねえ」

「ケンジは自分の気持ちを話すのがきらいなのかと思ってた」わたしはからかって、

雰囲気を明るくしようとする。

彼は乗ってこない。

「ときどき、荷が重いって感じるときがある」ケンジは目をそらす。「重すぎるって感じるときがあるんだ。おれでもよ。笑いたくねえって思う日もある。愉快なキャラなんかやってられるか、なにもかも知ったことかって気分になる。ただすわって泣いていたい日もある。一日じゅうだ」彼の手がマットの上で止まる。「イカれてるだろ？」わたしと目を合わせないまま、弱々しく問いかける。

わたしは涙の出そうな目をしきりにまばたきする。「いいえ、そんなことない。ぜんぜんイカれてなんかいない」

ケンジは床を見つめている。「あんたといると、なんかおかしくなるんだ、ジュリエット。最近のおれは、なにもしないで自分の気持ちばかり考えている。あんたのせいだ」

わたしはすわったまま前に動いて、ケンジを正面からハグする。ケンジもすぐにハグを返してくれる。わたしは彼の胸に顔を押しつける。激しい胸の鼓動《こどう》が聞こえる。彼はいまでもまだひどく傷ついているのに、わたしはそのことをつい忘れてしまう。忘れていいわけないのに。

わたしはケンジにしがみつき、彼の苦しみを癒《いや》してあげられたらと思う。彼の重荷を代わりに背負ってあげられたらいいのに。

「妙な感じだよな」

「なにが？」

「もし、いまおれたちが裸だったら、おれは死んでる」

「うるさいっ」わたしは彼の胸で笑ってしまう。ふたりとも長袖《そで》長ズボンという格好だ。わたしの顔や手が彼の肌に直接触れさえしなければ、彼の身に危険はない。

「けど、本当だろ」

「わたしがあなたと裸になるわけないでしょ？」

「ただ、いってみただけだ。そういうこともあるかもなってことさ。世の中、なにが起こるかわかんねえ」

「ケンジにはガールフレンドが必要だと思う」

「いいや。おれは友人からのハグでじゅうぶんだ」

わたしは少し離れて彼を見る。彼の目を読もうとする。「あなたはわたしの親友よ、ケンジ。わかってるわよね？」

「ああ」彼はにやりと笑う。「わかってるさ。あんたの世話を押しつけられるとは、信じられないね」

わたしは彼の腕をふりほどき、険しい目でにらむ。

彼は笑った。「で、新しいボーイフレンドとはうまくいってるのか？」

わたしの顔から笑みが消える。「彼はボーイフレンドじゃないわ」

「ほんとかよ？　ロミオがジュリエットに惚《ほ》れてなけりゃ、おれたちをここに住まわせるわけねえだろ」

わたしは自分の両手を見つめる。「たぶん、いつか、ウォーナーとわたしは友だちになれると思う」

「マジかよ？」ケンジは驚いている。「てっきり、あんたはやつに夢中だと思っていたんだが？」

わたしは肩をすくめる。「……魅力は感じてるけど」

「けど？」

「ウォーナーにはまだ直すべきところがたくさんあるの、わかるでしょ？」

「ああ、まあな」ケンジは息を吐き、体をそらす。「うん。わかる」

ふたりとも、少しのあいだ、だまりこむ。

「それにしても、やっぱむちゃくちゃ奇妙だよな」唐突にケンジがいう。

「どういう意味？」わたしはちらりと顔を上げる。「どこが？」

「ウォーナーさ。いまのあいつは、とてつもなく奇妙だ」ケンジはわたしを見る。ちゃんと見る。「ほら――おれがこの基地にいた頃は、ウォーナーが一兵士とどうでもいい会話をするところなんか見たことがなかった。いっぺんもだ。あいつは冷血漢だったんだぞ。血も涙もない冷血漢だった。ほほえんだこともなかった。声を上げて笑ったこともねえ。感情は一切見せなかった。なにより、命令を下す以外はまったく口をきかなかった。まるでロボットだ。それが、いまはどうだ？」ケンジはエレベーターを指さす。「ついさっき、ここを出ていった男は何者だ？　昨日、おれたちの隠れ家に現れた男は？　さっぱりわかんねえ。いまでも、まるっきりわからねえ。こんなこと、ありえねえよ」

「知らなかった」わたしは驚く。「彼がそんな人だったなんて、思いもしなかった」

「あんたといっしょにいるときのウォーナーは、違ったのか？」ケンジは聞き返す。

「最初にここに来たときだぞ？」

「ええ。わたしといる彼は、いつもすごく……生き生きしていた。といっても、感じよくしてくれたわけじゃないのよ」わたしはわかりやすく説明する。「ただ、なんていうか……わからない。よくしゃべった」口をつぐむと、記憶がよみがえってきた。

「いつもおしゃべりしていたわ。おしゃべりしかしてなかった、といってもいいくらい。それに、いつもわたしを見てにやにやしていた」少し休む。「わたしは、彼がわざとそうしていると思ってた。わたしをからかうために。あるいは、怖がらせるために」

ケンジは頭の後ろで両手を組んでもたれる。「ふうん、そりゃ違うな」

「そう?」わたしは遠くの一点を見つめている。

ケンジはため息をつく。「やつは……その……少なくとも、あんたにはやさしいんだな?」

わたしはうつむき、足元を見つめる。「ええ。わたしにはすごくやさしい」

「けど、あんたとウォーナーは、デキてるとか、そんなんじゃねえんだろ?」

わたしは顔をしかめる。

「わかった」ケンジはあわてて両手を上げる。「悪かった——ちょっと興味を引かれただけさ。この場はなにをいってもお咎《とが》めなしってことでいいだろ」

わたしは鼻を鳴らす。「ええ、デキてなんかいないわ」

ケンジは少し緊張を緩《ゆる》める。「けど、アダムはそう思ってる。あんたとウォーナーはそういう関係だって」

わたしはあきれる。「アダムはバカだから」

「チッ、チッ、プリンセス。そういう言葉は――」

「アダムはウォーナーに、自分たちは兄弟だっていうべきよ」

ケンジはぎょっと顔を上げる。「声を落とせって」声をひそめて注意する。「そんなことをいいふらすんじゃねえぞ。ケントがどんな気持ちになるか、わかるだろ」

「こんなの、フェアじゃない。ウォーナーにも知る権利があるわ」

「なんでだよ？　それで、ウォーナーとケントが急に親友になれるとでも思ってるのか？」

わたしは彼を見る。しっかりと真剣に見つめる。「ジェイムズもウォーナーの弟なのよ、ケンジ」

ケンジの体が強ばり、顔から表情が消え、目がわずかに大きくなる。

わたしは首をかしげ、片方の眉《まゆ》を上げてみせる。

「そんな……うわ」ケンジは額に拳骨《げんこつ》を押しつける。「そんなこと、考えもしなかった」

「ウォーナーにとっても、ジェイムズにとっても、フェアじゃない。それにウォーナーは、この世界に自分の兄弟がいると知ったら喜ぶと思う。少なくとも、ジェイムズとアダムにはおたがいがいる。でも、ウォーナーはずっとひとりぼっちなのよ」

ケンジは首をふっている。信じられないという表情だ。「よけいややこしくなるだけだ。あんたはこれ以上複雑になりようがないと思っているようだが、そのうち、ドカンてことになるぞ」

「ウォーナーだって知るべきよ、ケンジ」わたしはもう一度いう。「少なくとも、知るべき立場にある。彼には知る権利があるわ。同じ血が流れているんだもの」

ケンジは顔を上げて、ため息をつく。「くそっ」

「アダムがいわないなら、わたしがいう」

「やめろ」

わたしはケンジをにらむ。

「めちゃくちゃになっちまう、J」ケンジは驚いている。「ぜったいだめだ」

「どうして、わたしをJって呼ぶの？　いつからそんなふうに呼んでるの？　わたしのニックネームなら、もう五十個くらいつけてきたくせに」

ケンジは肩をすくめる。「ここは喜ぶとこだろ」

「へえ、そう？　ニックネームってお世辞？」

ケンジはうなずく。

「じゃあ、あなたのことはケニーと呼ぼうかしら?」

ケンジは腕組みをして、わたしを見下ろす。「そいつはまったく笑えねえ」

わたしはにやりとする。「あら、少しはおもしろいわよ」

「なら、あんたの新しいボーイフレンドは〝うんざりキング〟とでも呼んでやろうか?」

「ボーイフレンドじゃないってば、ケニー」

ケンジはじろりとにらんで、わたしの顔を指さす。「おれはちっとも喜んでねえぞ、プリンセス」

「あ、シャワー浴びたほうがいいんじゃない?」

「今度は、おれがくさいってのか?」

わたしはあきれて天井を仰ぐ。

ケンジはよっこらせと立ち上がり、自分のシャツの臭《にお》いをかぐ。「げっ、ほんとに臭《にお》ってるじゃねえか」

「ほら、行って。シャワーを浴びて、急いで戻ってきて。今夜は長い夜になりそうだから」

みんな、トレーニングルーム内のベンチにすわっている。ウォーナーはすぐ隣にいて、わたしはうっかり肩が触れないように緊張している。

「さて、では順番に片づけましょうか?」ウィンストンがみんなを見回す。「まず、双子のソーニャとセアラを取り返さなくてはなりません。問題は、どうするかです」少し間《ま》を置いてつづける。「わたしたちは総督《そうとく》に近づく方法を知りません」

だれもがウォーナーを見る。

ウォーナーは腕時計を見る。

「おい?」とケンジ。

「なんだ?」ウォーナーは退屈そうに答える。

「協力する気があるのか?」イアンがぴしゃりという。「これはあんたの領分だ」

ウォーナーが今夜初めて、わたしを見る。「おまえはこのメンバーを本当に信頼しているのか? ここにいる全員を?」

「ええ」わたしは静かに答える。「心から信頼してる」

「わかった」ウォーナーは深呼吸すると、みんなに話しはじめた。「わたしの父は」

冷静な口調だ。「海の真ん中の船にいる」

「船だって？」ケンジが驚いて聞き返す。「首都は船なのか？」

「いや、厳密にはそうではないが」ウォーナーはためらう。「彼をここにおびき寄せたほうが、手っ取り早い。こちらから出向くのは無理だ。彼がここに来なくてはならないほどの大きな問題を起こせばいい」そして、わたしを見る。「ジュリエットに、すでに作戦があるそうだ」

わたしはうなずく。大きく息を吸いこんで、前にいる人たちの顔をよく見る。「第45セクターを乗っ取ろうと思うの」

驚きで静まりかえる。

「それから」わたしはつづける。「兵士たちを説得して味方につけられると思う。けっきょく、責任ある立場の人以外は、だれひとり再建党から利益を得ていない。兵士は疲労と空腹を抱えているし、ほかに選択肢がなくてこの仕事についただけだわ」少し休む。「市民と兵士の支持を集められると思うの。このセクターの人たちを、ひとり残らず味方につけるのよ。それに、彼らはわたしのことを知ってる。兵士たちはすでにわたしを見てる――わたしの力を知っているの。わたしたちが団結すれば、すごいことができるはずよ。以前のわたしたちとは違うってところを見せられる。もっと強いってことを。彼らに希望をあたえることもできる――反撃する理由も」

「そして」わたしはいう。「兵士たちを味方につければ、その知らせが伝わって、アンダースン総督《そうとく》がここに来ざるをえなくなる。総督《そうとく》はわたしたちを制圧しようとするでしょう――ほかに選択肢はないもの。総督《そうとく》が戻ってきたら、彼を連れ出す。わたしたちは彼の軍隊と戦って、勝利する。そして、この国をわたしたちのものにする」

「じつにすばらしい」

最初に口を開いたのは、キャッスルだ。

「ミズ・フェラーズ、ずいぶんよく考えたな」

わたしはうなずく。

ケンジは笑うべきか拍手するべきか迷っている顔で、こちらを見ている。

「みんなはどう思う?」わたしは見回して問いかける。

「うまくいかなかったら、どうなるの?」リリーがいう。「もし兵士たちが怖がって再建党への忠誠を変えなかったら? こっちの味方にならずに、あなたを殺そうとしたら?」

「確かに、その可能性はある」わたしはいう。「けれど、わたしたちが強くなれば――九人が団結して、持てるすべての力を合わせれば――兵士たちは信じてくれると思う。わたしたちにはすごいことができるんだから」

「わかった。けど、おれたちにどんな力があるのか、どうやって兵士たちにわからせるんだ？」ブレンダンがたずねる。「もし信じてもらえなかったら？」

「わたしたちの力を見せればいいのよ」

「そんなことして、銃撃されたらどうする？」イアンが反対する。

「心配なら、わたしひとりでやれるわ。わたしにはその心配はないから。このあいだの戦闘の前に、ケンジから自分の力を投射する方法を教わったの。それを完全に使いこなせるようになったら、すごいことができると思う。兵士たちにわたしたちといっしょに戦いたいと思わせるのに充分なことが」

「〝投射〟ができるんですか？」ウィンストンが目を丸くする。「命を吸いつくす能力をたくさんの人々に投射して、大量殺戮《さつりく》のようなことができるんですか？」

「ううん、まさか」わたしはいう。「いえ、ぅん、そういうこともできるかも。でも、わたしがいっているのはそういうことじゃない。それとは別の力を投射できるっていいたいの。あの……命を吸いつくす能力じゃなくて――」

「ちょっと待った、なんの力のこと？」ブレンダンがとまどって、たずねる。「武器になるのは君の肌じゃなかったのか？」

わたしは答えようとして、ふと思い出す。そういえば、ブレンダンとウィンストンとイアンは、わたしが本格的なトレーニングを始める前に誘拐されたのだった。三人とも、わたしがどれだけ進歩したか知らないのだろう。

そこで、最初から説明する。

「わたしの……能力は、肌だけじゃないの」わたしはケンジに目をやり、彼を指す。「しばらく、彼といっしょにトレーニングしていたことがあるの。その力がいったいなんなのか、わたしにはなにができるのか突き止めようとしていたら、ケンジが気づいた。わたしの真のエネルギーは、体の表面にあるんじゃなくて、もっと奥深くから湧《わ》いてくるものだって。そのエネルギーはわたしの骨や血、そして肌に宿っている。わたしの本当の能力は、途方もない怪力なの」

わたしは説明をつづける。「肌はその力の一部にすぎない。わたしのエネルギーのもっとも高められた形は、常軌《じょうき》を逸《いっ》した防御反応みたいなものなの。体が盾《たて》になるというか、立入禁止の有刺鉄線を張っているみたいな感じ」わたしはほとんど笑ってしまう。いつからこんなにすらすら説明できるようになったんだろう。自分の能力の話をしているのに、ぜんぜんいやな気分じゃない。「それでいて、なんでも破壊できる腕力がある。しかもその際、自分は怪我《けが》もしない。コンクリートでも、レンガでも、ガラスでも——」

「大地でもな」とケンジ。

「ええ」わたしは彼ににっこりする。「大地でも」

「ジュリエットが地震を起こしたのよ」アーリアがいい、わたしは彼女の声を聞けたことにびっくりする。「最初の戦闘で」アーリアはブレンダンとウィンストンとイアンに教える。「あなたたちを助け出そうとしていたとき。ジュリエットが地面を殴りつけたら、大地が割れたの。そのおかげで、わたしたちは逃げられたのよ」

ブレンダンとウィンストンとイアンは、わたしを見てあんぐり口を開けている。

「だから、さっきからいおうとしていることは」わたしは三人にいう。「もし、この力を投射して、完全にコントロールできるようになったらどうなるかってこと。わたしにはわからない」肩をすくめる。「たぶん、山でも動かせるんじゃないかしら」

「そいつはちょっと高望みじゃねえか」ケンジが誇《ほこ》らしげな親のように笑う。

「高望みかもしれないけれど、不可能ではないと思う」わたしはにやりと笑い返す。

「まあ」リリーがいう。「それじゃ、ジュリエットは……ただ破壊できちゃうってこと？　なんでも？」

わたしはうなずく。ちらりとウォーナーを見る。「でしょう？」

「まあ」ウォーナーは慎重《しんちょう》に考えの読めない目をしている。

わたしは立ってダンベルの山へ歩いていく。そのあいだずっと、自分のエネルギーを使う心構えをしていく。やっぱり、この段階がいちばん気が抜けない。自分の力を思うように調節する方法を身に着けるのは難しい。

五十ポンド（約202・5kg）のダンベルを拾い、みんなのところへ持っていく。

一瞬、これって本当なら重く感じるはずなのかしらと思ってしまう。そもそもわたしの体重の半分もあるのだ。けれど、ぜんぜん重みを感じない。

ベンチに戻ってすわり、床にダンベルを置く。

「それでなにをするんだ？」イアンが目を見開いてたずねる。

「なにをしてほしい？」とわたし。

「それを軽々と引きちぎれる、みたいなことをいってましたよね？」ウィンストンがいう。

わたしはうなずく。

「やって見せてやれ」ケンジはベンチの上で跳ねている。「ほら、やってやれ」

わたしはそうする。

ダンベルを拾い上げ、両手にはさんで文字通り押しつぶす。ダンベルは見事につぶれて、五十ポンドの金属の塊《かたまり》になる。さらにそれを半分にちぎって、ふたつの金属の塊を床に落とす。

衝撃でベンチが揺れる。

「ごめんなさい」わたしはあわてて謝り、みんなを見回す。「あんなふうに落とすつもりじゃなかったのに――」

「すごい」イアンが感想をもらす。「やるなあ」

「もう一度、やってみて下さい」ウィンストンは目を輝かせている。

「いや、わたしの持ち物を全部壊されてはたまらない」ウォーナーが割って入る。

「あ、そういえば――ちょっと待って下さい――」ウィンストンはウォーナーを見て、なにか思い出したらしい。「あなたもできるんですよね？　彼女の力を受け取って、それを使うことが？」

「おまえたちの特殊能力は、すべて受け取ることができる」ウォーナーはウィンストンの言葉を訂正する。「そしてその能力を使い、なんでも好きなことができる」

はっきり感じ取れるほど、室内に恐怖が広がる。

わたしはウォーナーに顔をしかめる。「お願いだから、みんなを怖がらせないで」

ウォーナーはなにもいわない。なにも見ていない。

「てことは、あんたたちふたりが」イアンがなんとかしゃべろうとする。「ええと、手を組んだら――つまり――」

「世界を支配できる？」ウォーナーは壁を見ている。

「おれがいいたかったのは、あんたたちふたりが手を組めば、すげえことができるってことさ。けど、そういうこともできそうだな」イアンは首をふる。

「ねえ、本当に彼を信頼してるの？」リリーが親指でウォーナーを指して、わたしにたずねる。本気で、心から心配そうに、こちらを見ている。「もし彼があなたの力を利用したいだけだったら、どうするの？」

「彼のことは、命を預けられるくらい信頼してるわ」わたしは穏やかに答える。「すでに預けたことがあるし、また預けてもいいと思ってる」

ウォーナーはわたしを見て、目をそらす。ほんの一瞬、彼の目に強い感情が見えた。

「では、話を整理させて下さい」ウィンストンがいう。「わたしたちの計画は、つまり第45セクターの兵士と市民を説得して共に再建党と戦う、ということですね？」

ケンジは腕組みをする。「ああ。求愛するクジャクの雄みたいに、いいところを見せて、彼らのお相手として魅力的だと思わせるんだ」

「げっ」ブレンダンが顔をしかめる。

「ケンジの喩《たと》えは気持ち悪いけれど」わたしは彼のほうへ鋭い視線を投げる。「答えはイエスよ。基本的にはそんなところ。わたしたちは彼らの協力を得て体制を作る。まず軍の指揮権を握り、次に市民をまとめる。それから彼らと共に戦う。本気のまともな反撃をするの」

「それで勝ったら?」これまでずっと静かだったキャッスルがたずねる。「そのあとは?」

「どういうこと?」

「例えば、君が成功したとしよう。総督《そうとく》を倒したとする。彼とその部下を倒したとする。そのあとは? だれが総督のあとを継ぐ?」

「わたしよ」

みんなが息をのむ。わたしの横でウォーナーが強ばるのがわかった。

「冗談だろ、プリンセス」ケンジが静かにいう。

「それで?」キャッスルはみんなを無視して、わたしにたずねる。「そのあとは?」

彼は心配そうな目をしている。おびえているといってもいいくらい。「君の邪魔をする者はだれでも殺すのか? 国じゅうのほかのセクターの首長たちを、すべて? となると、さらに五五四の戦いが――」

「降伏する人もいるでしょう」

「降伏しない者は？　自分に従わない者をすべて殺し、どうやって国を正しい方向へ導く？　それでは、君に敗れた者たちとどこが違う？」

「わたしは自分を信じてる。正しいことをするだけの強さがある。わたしたちの世界はいま、死にかけている。キャッスルも自分でいってたでしょ、この世界を再生する――以前の世界を取り戻す方法があるって。権力がそれを持つにふさわしい者の手に――わたしたちの手に――入りさえすれば、あなたはオメガポイントで始めていたことをもう一度やり直せる。そういう変化をわたしたちの国に、海や川に、動物に、大気にもたらす自由が得られる。その過程で、大勢の命を救える。新たな世代に、これまでとは違う未来への希望をあたえられる。わたしたちは挑戦しなきゃいけないのよ」わたしはキャッスルにうったえる。「変化を起こす力があるのに、なにもしないで、人々が死んでいくのをただ見ているわけにはいかない」

室内はしんと静まりかえる。

「ええいっ」ウィンストンが声を上げた。「あなたといっしょに戦いましょう」

「わたしも」アーリアがいう。

「おれも」とブレンダン。

「おれも行くってわかってるよな」とケンジ。

「あたしも」

「おれも」

リリーとイアンが同時にいう。

キャッスルは大きく息を吸いこむ。「ひょっとすると」椅子《いす》の背にもたれ、両手を組む。「ひょっとすると、君ならわたしが失敗したことを正しく行えるかもしれない」そこで首をふる。「わたしは君より二十七歳年上だが、君のような自信を持ったことはない。それでも、君の気持ちはよくわかる。君は自分が真実だと信じていることを口にしていると思う」少し休んで、慎重《しんちょう》な表情になる。「われわれは君に協力する。だが、これで君はとてつもなく大きな責任を背負うことになる。それを肝《きも》に銘《めい》じておくように。しくじれば、取り返しのつかないことになる」

「よくわかってる」わたしは小声で答える。

「なら、よろしい、ミズ・フェラーズ。幸運と成功を祈る。この世界の運命は君にかかっている」

3 新計画

「わたしの計画についてどう思うか、いわなかったわね」

ウォーナーとわたしは彼の部屋に戻ってきたところだけれど、彼は相変わらずひと言も口をきかない。奥のオフィスへつづくドアのそばに立ち、床を見つめている。

「おまえがわたしの意見を聞きたいとは思わなかった」

「聞きたいに決まってるでしょ」

「もう仕事に戻らなくてはならない」彼は背を向ける。

わたしは彼の腕に触れる。

ウォーナーが強ばる。立ったまま身じろぎもせず、自分の腕に置かれた手を見ている。

「お願い」わたしは小声でいう。「こんな状態はいやなの。ちゃんと話ができる関係でいたい。もう一度、きちんとおたがいを知るために――友だちになるために――」

ウォーナーは喉《のど》から奇妙な低い音を出し、一メートルほど離れた。「わたしは最善を尽くしている、ジュリエット。だが、どうやって、ただの友人になれというのだ?」

「恋人か他人か、どちらかに決めなきゃならないわけじゃないわ」わたしは説得してみる。「そのあいだには、いくつもの段階がある——わたしはただ、そんなふうにあなたを理解していく時間が必要なの——いままでとはまったく違う人として——」

「それが問題なんだ」彼の声は疲れて力がない。「おまえはわたしを違う人間として理解する時間が必要だという。わたしへの認識を改める時間がいるという」

「それのどこが問題なの——」

「わたしは違う人間ではないからだ」ウォーナーはきっぱりいう。「わたしはこれまでと同じ人間だし、違う人間になろうとしたことなどない。おまえはわたしを誤解している、ジュリエット。おまえの考えるわたしの人物像は、わたしではない。だが、その件について、わたしに責任はない。わたしは変わってなどいないし、これからも変わるつもりは——」

「もう変わってるじゃない」

彼は歯を食いしばる。「知らないことに対して、そこまで自信たっぷりにものをいうとは、ずいぶん厚かましいな」

わたしははっと息をのむ。

ウォーナーが詰め寄ってきて、わたしは怖くて動けなくなる。「おまえは以前、愛がどんなものか知らないといってわたしを責めた。だが、おまえは間違っていた。あれは恐らく、わたしがおまえを愛しすぎていることを責めたのだろう」彼の目はとても真剣で、どこまでもグリーンで、ひどく冷たい。「しかし、少なくとも、わたしは自分の気持ちを否定したりはしない」

「わたしは否定してるというの？」

ウォーナーは目を落とす。なにもいわない。

「あなたはわかってない」声が詰まる。「わたしはもう自分の気持ちさえわからない。いま感じているこの気持ちを、どう表現すればいいのかわからない。それがわかるまで、時間が必要なの。あなたはいますぐ多くを求めるけれど、いまのわたしに必要なのは、あなたと友だちになること――」

ウォーナーがひるむ。

「わたしに友人はいない」

「なぜ、作ろうともしないの？」

彼は首をふる。

「なぜ？　試してみれば――」

「怖いからだ」ようやくいった彼の声は震えていた。「おまえと友人になるだけで終わるのが」

わたしがその場で凍りついているうちに、ウォーナーはオフィスに入って乱暴にドアを閉めた。

スエットパンツ姿のウォーナーなんて、考えたこともなかった。

スニーカーをはいたウォーナーも。

ところがいま、その両方を身に着けた彼がいる。上はＴシャツだ。

わたしたちのグループは彼のトレーニング施設に寝泊まりしているので、わたしには彼の一日の始まりに居合わせる理由がある。彼がエクササイズにかなりの時間を割《さ》いていることは前から知っていたけれど、実際にどれだけの時間を費やしているのかは知らなかった。彼は体を鍛《きた》え上げていて、あらゆることに対して厳しい。わたしは驚いてしまう。

ウォーナーの朝はエクササイズバイクで始まり、夜はランニングマシンで終わる。さらに平日は、毎日違うパーツを鍛《きた》える。

「月曜は脚だ」彼がキャッスルに説明しているのが聞こえる。「火曜は胸。水曜は肩と背中。木曜は三頭筋と三角筋。金曜は二頭筋と前腕。そして腹筋と有酸素運動は毎日。週末はたいてい射撃の練習をする」

今日は火曜日だ。

彼はベンチプレスで三百十五ポンド（約140kg）のバーベルを挙げている。ケンジがオリンピックバーだと教えてくれた棒の両端に、四十五ポンド（約20kg）のプレートが三つずつついている。バーだけでも四十五ポンドある。わたしは彼から目が離せない。ウォーナーと知り合ってから、こんなに彼を素敵だと思ったことはないと思う。

ケンジがわたしの横で足を止め、あごでウォーナーを示す。「お、あれが気に入ったか？」

わたしは恥ずかしくなる。

ケンジは噴き出す。

「スエット姿のウォーナーを見るのが初めてだからよ」わたしはなんでもない口調を

装おうとする。「短パン姿だって見たことなかったもの」
ケンジは疑いの表情を向ける。「いいや、もっと薄着のあいつを見てるはずだね」
わたしは死にたくなる。

ケンジとわたしはこれから一ヵ月間を、トレーニングに費やすことになっている。そういう計画だ。わたしには戦いに備えた訓練と、二度とコントロールを失わずに自分の力を使えるようにする練習が必要だ。完全な自信がないまま行動を起こしていい状況じゃない。しかも、わたしがみんなを率いることになっている以上、するべきことはまだたくさんある。いつでも自分の力を使えるようにならなきゃいけないし、どんなときでも力を調節できなければならない。つまり、自分の能力を完璧に使いこなせるようにする必要がある。

ケンジも独自のトレーニングをしている。姿を消す能力を完璧に投射できるようになろうとしている。相手に触れずに投射できるようになりたいと考えているのだ。けれど、実際にトレーニングをしているのはケンジとわたしだけ。キャッスルは何十年も前から自分の能力をコントロールしているし、ほかのみんなの能力はとても単純で、だれもがごく自然に使いこなしている。けれどわたしの場合は、十七年間の精神的トラウマを消し去らなくてはならない。

自分で作った壁を壊さなくてはならない。

今日、ケンジは小さいことから始めた。わたしに意志の力でダンベルを部屋の向こうへ動かせという。けれど、わたしにはダンベルをぴくりと揺らすだけで精一杯だった。しかも、本当に自分の力で動かしたのかどうかも怪しい。

「集中していないからだ」ケンジがいう。「いいか、つながるんだ――自分のなかの芯を探して、そこから引き出せ。文字どおり自分のなかから引っぱりだして、まわりに押しだすんだ。難しいのは最初だけだ」彼はつづける。「その体はエネルギーを貯めておくことに慣れている。あんたの場合は、とくに難しいだろう。なにしろ、生まれてからずっとエネルギーを封じこめてきたんだからな。そのエネルギーを放出する許可を自分自身に出さなきゃならねえ。ガードを解け。エネルギーを見つけろ。そしてコントロールして解き放て」

ケンジは何度も何度も同じ説明をする。

わたしは何度も何度も挑戦する。

三つかぞえる。

目を閉じ、今度こそ本気で真剣に集中しようとする。両腕を上げたいという不意の衝動《しょうどう》に耳をかたむけ、両足でしっかりと床を踏みしめる。息を吐く。まぶたをさらにきつく閉じる。エネルギーが湧《わ》き上がってくるのを感じる。体じゅうの骨を、血を、エネルギーが激しく駆け抜け、ひとつの強大な塊《かたまり》になる。もうとても体のなかに収めていられない。外に出さなきゃ、いますぐ。

でも、どうやって？

以前はいつも、力を使うときはなにかに触れなきゃいけないと思っていた。動かないものにエネルギーを放つなんて、思いつきもしなかった。自分の両手が最終地点だと思っていたから、この手を送信機とかエネルギーを通す媒体《ばいたい》として使おうとは考えたこともない。でも、いまならわかる。手を通して――肌を通してエネルギーを押し出せそうな気がする。そして、わたしにじゅうぶんな強さがあれば、空中でその力をあやつり、どこでも望むところへ動かせるようになるかもしれない。

そういうことにとつぜん気づいて、新たな自信がわいてくる。興奮して、この理論が正しいか確かめたくてたまらなくなる。固く決心すると、また力がどっと湧《わ》き上がってくる。肩に力が入り、エネルギーが両方の手を、手首を、前腕を包みこむ。とても温かく、強烈で、ほとんど手でさわれそうな気がする。指にからまってくるようだ。

わたしは両手を握りしめる。

両腕を後ろに引く。

そして思いきり前へ突き出しながら、同時に両手を開く。

しん。

片目をわずかに開けてそっとのぞくと、ダンベルは同じ場所にあった。

ため息。

「伏せろっ！」ケンジが叫び、わたしを後ろに引っぱって床へ突き飛ばした。わたしはうつ伏せに倒れた。

まわりでは、みんなが叫びながら床にばたんと伏せるのが聞こえる。首を伸ばしてみても、みんなが両手で頭や顔をおおっているのしか見えない。わたしは周囲を見回そうとする。

ぎょっとして息が止まった。

石の壁に亀裂《きれつ》が走り、きしみながら無数のかけらが落ちてくる。恐怖にかられて見つめていると、ぎざぎざの巨大な塊《かたまり》が震え、壁からはがれようとしている。

その下にはウォーナーが立っている。

わたしが悲鳴を上げようとすると、ウォーナーは上を向き、はがれかけている壁に向かって両手を伸ばした。そのとたん、壁の振動が止まった。大量の壁のかけらが宙に浮かんでかすかに震え、床と元の壁との中間で止まっている。

わたしの口は、まだぽかんと開いたまま。

ウォーナーが右を向いて、うなずく。

彼の視線をたどると、キャッスルがいた。部屋の反対側で、念力を使って壁のもういっぽうの端を支えている。ウォーナーとキャッスルは協力して、宙に浮かんだ無数の破片をゆっくりと床に下ろし、板状の破片もぎざぎざの塊《かたまり》もすべて壁の残骸に寄せた。

状況の変化に気づいて、だれもが顔を上げはじめる。わたしたちがゆっくり立ち上がり、呆然《ぼうぜん》と眺めているあいだに、キャッスルとウォーナーは事故の広がりを防ぎ、一ヵ所にとどめた。ほかに被害はない。負傷者もいない。わたしはまだ恐ろしさに目を見開き、じっと見つめている。

ようやく作業を終えると、ウォーナーとキャッスルは一瞬視線を交わし、それぞれ反対方向へ向かった。

ウォーナーはわたしのところへ。キャッスルはみんなのところへ。

「だいじょうぶか？」ウォーナーはたずねる。事務的な口調だけれど、瞳《ひとみ》には本心が見えている。「怪我《けが》はないか？」

わたしはうなずく。「さっきの、すごかった」

「あれはわたしの手柄ではない。キャッスルの力を借りただけだ」

「でも、それがすごく上手だった」わたしは一瞬、ウォーナーと喧嘩《けんか》をしていたことを忘れてしまう。「他人の能力をコピーする力に気づいたのはつい最近なのに、あなたはもうコントロールしている。それも、ごく自然に。なのにわたしときたら、なにかしようとするたびに、みんなを殺しそうになっちゃう」わたしはうつむく。「わたしはなにをやっても、一番下手。いつも最悪」

「落ちこむな」ウォーナーは静かにいう。「いずれ、うまくなる」

「あなたは苦労した？」わたしは期待を込めて、顔を上げる。「自分の力をコントロールできるようになるのは大変だった？」

「わたしか？」彼は驚く。「いいや。しかし、わたしは昔からなにをやっても優秀だから」

わたしはまたうつむく。ため息が出る。

ウォーナーが噴き出し、わたしはそっと彼を見上げる。

笑っている。

「なによ？」

「べつに」

そのとき、鋭い口笛が聞こえた。ぱっとふり向く。

「おーい、びりびりハンドちゃん！」ケンジが大声で呼ぶ。「とっとと戻ってこい」

その言葉どおり、精一杯いらいらしたふりをしている。「トレーニング再開だ。今度は集中しろ。サルじゃねえんだから、自分のクソをそこらじゅうに投げるな」

ウォーナーが笑っている。信じられない。

声を上げて笑っている。

もう一度ウォーナーを見ると、彼は壁を向き、髪をかき上げ、首の後ろをさすりながら笑いをこらえている。

「少なくともだれかさんは、おれのユーモアのセンスがわかるようだな」ケンジはわたしの腕を引っぱる。「ほら、プリンセス。もういっぺん、やってみよう。頼むから、この部屋にいる人間を皆殺しにしないでくれよ」


一週間ずっとトレーニングを重ねている。

くたくたで、もう立ち上がることもできないけれど、期待以上の進歩があった。ケンジはまだ直接わたしと練習していて、キャッスルはわたしの進み具合を監督しているけれど、ほかのみんなはそれぞれいろんなエクササイズマシンで体を鍛《きた》えている。

ウィンストンとブレンダンは日ごとに元気になっていくようだ。前より健康的で、生き生きしている。ブレンダンの顔の傷も薄れてきた。ふたりの回復ぶりを見ていると、とてもうれしい。ドゥラリューがふたりにぴったりの薬を見つけてくれたことも、すごくうれしい。

ふたりはほとんどの日を、食事と、睡眠と、エクササイズバイクやランニングマシンでのトレーニングに費やしている。リリーはいろんなものをちょこちょこ試していて、今日は部屋の隅《すみ》でメディシンボールを使ったトレーニングをしている。イアンはウェイトトレーニングとキャッスルの世話、アーリアは毎日隅《すみ》にすわってノートにスケッチをしている。アーリアは前より明るく、落ち着いた感じがする。わたしは、アダムとジェイムズも元気だろうかと心配せずにいられない。ふたりとも無事にすごしていてほしい。

ウォーナーはいつも、昼間は姿を見せない。

わたしはときどきエレベーターのドアに目をやって、あれが開いてウォーナーをこの部屋に戻してくれたらいいのにと密《ひそ》かに思う。たまに彼が少し寄っていくことがある――エクササイズバイクに飛び乗ったり、ランニングマシンで少し走っていったりする――けれど、たいていはいない。

ちゃんと会えるのは、彼が早朝トレーニングをするときと、夜に有酸素運動をこなすときだけ。夜の終わりは、一日のなかでわたしの好きな時間だ。九人全員が集まって、それぞれの進み具合を話し合う時間。ウィンストンとブレンダンは次第に回復しているし、わたしは次第に強くなっている。ウォーナーは、市民や兵士や再建党に新しい動きがあるかどうかを教えてくれる――いまのところは、なんの動きもないらしい。

その後、ウォーナーとわたしはいっしょに彼の部屋のあるフロアへ戻り、そこでシャワーを浴び、別々の部屋へ向かう。わたしは彼のベッドで眠り、彼はオフィスのソファで眠る。

わたしは毎晩、自分にいい聞かせる。そのうち、彼のオフィスのドアをノックする勇気が出るわ。けれど、そんな勇気は出てこない。

まだ、なんていえばいいのかもわからない。

ケンジがわたしの髪を引っぱる。

「いたっ――」わたしは急に後ろに引っぱられ、顔をしかめる。「なによ?」

「今日はまた一段とぼけっとしてるな」

「え? わたしのこと、よくやってるっていってたじゃない――」

「ああ、よくやってる。けど、ほかのことに気を取られてる。さっきからエレベーターばっかり見てるだろ、まるでエレベーターが三つの願いを叶えてくれるみてえに」

「あ」わたしは目をそらす。「うん。ごめんなさい」

「謝ることはねえ」ケンジはため息をつき、少し渋い顔をする。「いったい、あいつとどうなってんだ? べつに知りたいわけじゃねえけどよ」

わたしはため息をつき、マットにどすんとすわりこむ。「わからないのよ、ケンジ。彼はころころ変わるの」わたしは肩をすくめる。「たぶん、だいじょうぶだと思う。いまはちょっと時間が必要なだけ」

「けど、やつのことが好きなんだろ?」ケンジは片方の眉を上げる。

わたしはなにもいわない。顔がほてっているのがわかる。

ケンジはあきれて天井を仰ぐ。「まさか、ウォーナーがあんたを幸せにできるとはなあ」

「わたしが幸せに見える？」

「そこだよ」ケンジはため息をつく。「おれはただ、ケントといた頃のあんたは、いつも幸せそうだったといいたいだけだ。この展開は、おれにはちょっとばかり受け入れがたくてね」そこでためらい、額をさする。「といっても、まあ、ケントといた頃のあんたは、めちゃくちゃ変わってたけどな。泣き事ばかりいってたし、やたらと芝居がかってた。それに、とにかく、四六時中めそめそしていた」顔をしかめる。「ったく。どっちのあんたがいいのか、わかんねえよ」

「わたしのこと、芝居がかってると思ってるの？」わたしは目を見開く。「ケンジこそ、自分のことわかってる？」

「おれは芝居がかっちゃいねえ。いいか？　ただ、おれの存在はある種の注目を集める――」

わたしは鼻を鳴らす。

「おい」ケンジはわたしの顔を指さす。「おれはただ、もうなにを信じていいのかわかんねえといってるだけだ。目が回りそうだ。最初はアダム。いまはウォーナー。来週はおれとか？」

「本当にそうなればいいと思ってるくせに」

「なんとでもいえ」ケンジは目をそらす。「あんたのことなんか、好きなわけねえだろ」

「わたしのこと、かわいいと思ってるくせに」

「妄想《もうそう》だ」

「わたしには、この気持ちがなんなのかもわからないの、ケンジ」わたしは彼と目を合わせる。「それが問題なの。どう説明すればいいのかもわからないし、この気持ちの深さもわからない。わたしにわかるのは、この気持ちがなんであれ、アダムには感じたことがないってことだけ」

ケンジは眉根《まゆね》を寄せている。驚き、おびえている。少しのあいだなにもいわず、ふうっと息を吐いた。「マジかよ？」

わたしはうなずく。

「本気の本気か？」

「ええ、すごく……それとなく、感じるの。なんだか……わからないけれど……」言葉がとぎれる。「なんていうか、生まれて初めて、きっとだいじょうぶって思えるの。強くなれる気がするの」

「けど、それはあんた自身の問題で、ウォーナーとは関係ねえだろ」

「確かに」わたしはいう。「でも、ときどき、他の人を重く感じることってあるでしょ。アダムにそんなつもりはないのはわかっているけれど、彼はわたしにとって重かった。わたしたちは悲しい者どうしでくっついていただけ」

「へえ」ケンジは頭の後ろで両手を組む。

「アダムといっしょにいると、いつもある種の苦悩や困難の影がさしていたの」わたしは説明する。「それに、アダムはいつもとても真面目だった。その真剣さに、わたしはときどき疲れてしまうの。わたしたちはいつも隠れたり、こそこそしたり、逃げたりしていて、だれにも邪魔されずにふたりきりになれる時間はほとんどなかった。まるで、この世界にこういわれているみたいだった──彼といっしょにいるためとはいえ、がんばりすぎだろって」

「ケントはそこまで悪くなかったぜ、ジュリエット」ケンジが顔をゆがめる。「あんたはケントを心から信用してなかった。最近のあいつはちょっとおかしいが、根はいいやつだ。そのことは、わかってるだろ。いまのあいつは、つらいことが重なってまいってるだけだ」

「ええ、わかってる」わたしはため息をつき、なぜか悲しくなってくる。「でも、この世界は相変わらずどんどん壊れているのよ。たとえ、わたしたちが今度の戦いに勝ったとしても、状況はかなり悪化してからでないと好転しないと思う」わたしは少し休んで、自分の手を見つめる。「それに、きつい状況になれば、人々は本性をむきだしにすると思う。そういう姿をこの目で見てきた。自分自身も、両親も、社会でさえそうだった。ええ、アダムはもちろんいい人よ。本当にいい人だと思う。けれど、いい人だからって、自分にふさわしいとは限らない」

わたしは顔を上げる。

「わたしはもう以前のわたしじゃない。もうアダムにはふさわしくないし、彼もわたしにはふさわしくない」

「けど、あいつはまだあんたのことが好きだ」

「いいえ、それは違う」

「そいつは、あいつにひどすぎないか」

「ひどくない」わたしはいい返す。「いつか、アダムも気づくはずよ。彼がわたしに感じている気持ちは、溺《おぼ》れる者が藁《わら》にもすがる気持ちと変わらないって。わたしも彼も、すがりつける相手を心から必要としていて、たまたま共有していた過去の思い出にすっかりその気にさせられてしまっただけ。でも、それだけじゃだめだったのよ。もしそれでじゅうぶんだったら、こんなにあっさり彼のもとを離れられるわけないもの」

　わたしは目を伏せ、声を落とす。「ウォーナーに誘惑されたわけじゃないわ、ケンジ。彼がわたしをアダムから奪ったわけじゃない。ただ……わたしにとって、すべてが変わってしまった。ウォーナーについての思いこみは、すべて間違いだった。自分についての思いこみも、全部間違ってた。それにわたしは、自分が変わっていくのを自覚していた」

　さらにつづける。「わたしは前に進みたかった。生まれて初めて怒りたい叫びたいと思ったけれど、できなかった。みんなに怖がられたくなかったの。それで、だまって姿を消そうとした。そのほうが、みんなにとってマシであることを祈って。でも、そんな消極的な生き方を一生つづけるのはいやだし、いざというとき自分を信じていれば状況を大きく変えられたってことも、いまは知ってる。もう昔の自分には戻りたくない。戻らないわ。ぜったいに」

「昔の自分に戻る必要はねえよ」ケンジは指摘する。「なんでそうなるんだ？　ケントがあんたに消極的でいてほしいと思っていたとは、おれには思えねえ」

　わたしは肩をすくめる。「でも、アダムはわたしに、恋に落ちた頃の女の子でいてほしいと思ってるでしょ？　出会った頃のわたしでいてほしいって」

「それのどこが悪いんだ?」

「わたしはもう、その頃のわたしじゃないからよ、ケンジ。あなたには、わたしがまだあの頃と同じ女の子に見える?」

「そんなこと、知るわけねえだろ」

「ええ、知るわけないわよね」わたしは苛立つ。「だから、ケンジには理解できないのよ。あなたは昔のわたしを知らない。わたしの頭のなかがどんなだったかを知らない。わたしは真っ暗なところにいた。自分の心のなかすら、安全じゃなかった。毎朝、死にたいと思いながら目覚め、一日じゅう悩んですごしていた。自分はもう死んでるんじゃないの? だって、この状態と死んでいる状態のどこが違うの?」思ったよりとげとげしい声になる。「わたしは希望の細い糸にすがりついていた。生まれてからずっと、自分をかわいそうに思ってくれる人が現れないか、ひたすら待っていた」

ケンジは眉《まゆ》を寄せて、じっとこちらを見つめている。

「わたしは気づいたの」わたしはさらに怒ってつづける。「ずっと前に怒ることを自分に許していたら、あの施設をこの手で破壊する力があるって気づけたのに」

ケンジはたじろぐ。

「わたしはずっとそればかり考えてるの」声が震えている。「それで苦しんでる。自分を人として認めようとしなかったばかりに、あんなに長く施設に閉じこめられることになったのだと知ってしまったから。二六四日間よ、ケンジ」わたしはこみ上げてくる感情をぐっとのみこむ。「二六四日間、ずっとあそこに閉じこめられていた。わたしには脱出する力があったのに、そのことを知らなくて逃げ出せなかった。やってみようとさえしなかったから。世間にいわれるままに、自分をきらっていたから。臆《おく》病者《びょうもの》だったから。わたしにも価値があるってだれかに教えてもらわなきゃ、自分を助ける行動に出ることもできなかったから」

「このことは、アダムともウォーナーとも関係ない」わたしはいう。「自分と、自分がなにを望んでいるかという問題なの。十年後どうなりたいか、やっとわかった。わたしは生きていくつもりよ、ケンジ。十年後も生きて、幸せになる。強くなる。もう他人にいってもらわなくていい。わたしはだいじょうぶ、この先もずっと」

いつのまにか息を切らしていて、わたしは心臓の鼓動《こどう》をしずめようとする。

ケンジはうっすらとおびえた顔で、こちらを見ている。

「アダムには幸せになってほしい、心からそう思ってるわ、ケンジ。でも、アダムとわたしとの関係は、行き場のない水のようなものになってしまうと思う」

「どういう意味だ……？」

「どこへも流れないよどんだ水。しばらくは、それでもかまわない。水は飲めるし、それで生きていける。けれど、いつまでも溜《た》まったままだと、水は悪くなる。腐って、毒になる」わたしは首をふる。「わたしには波が必要なの。滝が必要なの。勢いのある流れがほしいの」

「やれやれ」ケンジは神経質に笑い、頭の後ろをかく。「いまのスピーチを紙に書いとくんだな、プリンセス。いずれ、自分の口であいつにいわなきゃならなくなる」

「え？」わたしは凍りつく。

「いったとおりだ」ケンジは咳《せき》こむ。「アダムとジェイムズは、明日ここに来る」

「なんで？」

「ああ。気まずいだろ？」彼は笑おうとする。「すっげえ気まずいよな」

「なぜ？　どうしてアダムがここに来るの？　ていうか、なんでそんなこと知ってるの？」

「そいつは、なんだその、ちょっと戻ってみたっていうか」ケンジは咳《せき》払いをする。「ほら、あいつらのようすを見にいってきたんだ。まあ、主にジェイムズのようすだが。てか、わかるだろ」ケンジは目をそらし、まわりを見る。

「ふたりの無事を確かめに行ったの？」

「そういうこった。ちゃんとやってるか確認しにいっただけさ」ひとりでうなずく。

「それで、おれたちがでかい計画を立ててることを話したわけだ」わたしを指さす。

「あんたのおかげだってことも、当然話した。とにかくすっげえ計画だって。ついでに、食い物もいいって話した」ケンジはつけたす。「熱いシャワーもあるぞって。それで、あいつも、ウォーナーがおれたちをぞんざいに扱おうとしてるわけじゃねえってわかってくれたわけさ。そりゃ、まあ、ほかにもあれこれしゃべったが」

「どんなことを？」わたしは怪しんで、たずねる。「ほかになにをいったの？」

「なんだったかなあ？」ケンジはシャツの裾《すそ》を見ながら引っぱっている。

「ケンジってば」

「わかった、聞いてくれ」ケンジは降参というように両手を上げる。「ただ――怒んなよ？」

「とっくに怒ってるわよ――」

「ケントとジェイムズは、あのままじゃ死んじまう。あんなところに、ふたりだけで置いとくわけにはいかねえ――とくにジェイムズは――しかも、おれたちに立派な計画があって――」

「アダムになんていったの、ケンジ？」わたしの忍耐は切れかけている。

「ひょっとしたら」ケンジは答えながら、後ずさる。「ひょっとしたら、こんなこともいったかもしれねえな。あんたは落ち着いてて、理性的で、すげえいいやつで、他人を傷つけたりしねえ。とくに、ハンサムな友だちのケンジに手荒なことは――」

「ふざけないで、ケンジ。彼になんていったのか答えなさい――」

「一メートル半くれ」

「はあ?」

「一メートル半、離れてくれ」

「十センチ離れてあげる」

ケンジはごくんとつばを飲みこむ。「わかった、よし、もしかしたら、もしかしたらだぞ、こんなこともいっちまったかもしれねえ……ええと……あいつがいなくなって、あんたがすげえさみしがってる、とか」

わたしは後ろにふらつきそうになる。

「ウソ」

「あいつをここに連れてくるには、それしかなかったんだ。あいつは、あんたがウォーナーに惚《ほ》れてると思って、プライドがぼろぼろになって――」

「どうかしてるんじゃないの?」わたしは叫ぶ。「殺し合いになるわよ!」

「仲直りのチャンスになるかもしれねえ」ケンジはいう。「そうなりゃ、おれたち全員友だちだ、あんたの望みどおり――」

「冗談じゃない」わたしは片手で目元をこする。「気でも違った？　どうして、そんなことができるの？　また彼を傷つけることになるだけじゃない！」

「ああ、けど、あんたがウォーナーに気のないふりをすりゃいいんじゃねえか？　今度の戦いが終わるまで。そうすりゃ、緊迫した状況も多少はマシになんだろ。おれたちが仲よくやっていけりゃ、アダムとジェイムズもふたりきりで死んでいかずにすむ。だろ？　万事丸く収まるじゃねえか」

　わたしは怒りのあまり震えている。

「ほかにも、なにかいったでしょ？」わたしは険しい目で詰問する。「アダムに、ほかにもなにかいったでしょ。わたしのことで。いわなかった？」

「なんだよ？」ケンジはじりじりと後ろに下がっていく。「おれはなにも――」

「彼に話したのは、それだけ？　わたしがさみしがってるといっただけ？　それとも、ほかにもなにかいった？」

「あっ、いや、そういわれてみると、いったかもしれねえな。ええと、なんだ、あんたはまだアダム・ケントを好きだ、とか？」

わたしの頭が悲鳴を上げる。

「それと……あんたはいつもケントの話ばかりしてる、ともいったかな？　それから、ケントに会いたいってしょっちゅう泣いてるとか。いったかもしれねえ。よく覚えてねえんだよな、いろいろ話したもんだから――」

「殺してやる――」

「待て」ケンジはまた後ずさりながら、わたしを指さす。「悪いジュリエットになってるぞ。人を殺したくないっていっただろ？　殺人に反対してたはずだ、思い出せ。あんたの好きなことは、気持ちについて話すことだろ、虹だろ――」

「なぜなの、ケンジ？」わたしは両手で頭を抱える。「どうして？　なんでアダムに嘘をついたの？」

「そりゃあ」ケンジは苛立って答える。「こんなの、やってられないからだ。この世界じゃ、だれもがすでに死にかけてる。だれもが家を失い、家族を失い――それまで愛していたものをなにもかも失った。あんたとケントはおバカな学園ドラマみてえな関係を、まともな大人の関係に修復できるはずだ。おたがい、こんなかたちで仲間を失うべきじゃねえ。それでなくても、すでに何人も失ってるんだ」彼はすっかり怒っている。

「ケントとジェイムズは生きてるんだぞ、ジュリエット。まだ生きてるんだ」ケンジの目は、抑えきれない感情でぎらぎらしている。「おれにはそれだけでじゅうぶん、ふたりを自分の人生から追い出さねえ理由になる」目をそらし、声を落とす。「なあ、バカげてると思わないか、こんな状態。離婚に巻きこまれた子どもみてえな気分になる。おれだって、ケントに嘘なんかつきたくなかった。当たり前だろ。けど、少なくとも、戻ってくるように説得できた。ここに来ちまえば、あいつも残りたくなるだろう」

　わたしはケンジをにらむ。「アダムたちはいつここに着くの？」

　ケンジはひと呼吸置いて答える。「朝、おれが連れてくる」

「わたしがウォーナーにいうって、わかってるわよね？　ふたりを透明人間にして、こっそりここに置いておくなんて無理よ」

「わかってるさ」

「それなら、いいけど」あんまり頭にきて、それ以上いうべき言葉が見つからない。もうケンジを見る気にもなれない。

「というわけで……話ができてよかったよな？」

　わたしはくるりとケンジに向き直る。不気味なほどやさしい声で、彼の顔からほんの十センチまで顔を近づけていいわたす。「もしウォーナーとアダムが殺し合いになったら、あなたの首をへし折るから」

「そんなことにはならねえって、プリンセス。あいつらがそこまで暴力的になったことがあるか？」

「冗談でいっているんじゃないのよ、ケンジ。あのふたりは前におたがいを殺そうとしたことがあって、もう少しで本当に殺してしまうところだったんだから。まさか忘れたわけ？　それをすっかり忘れて、脳天気な計画を立てたの？」わたしはケンジをにらみつける。「あのふたりは、おたがいをきらっているだけじゃない。おたがい、死ねと思っているのよ」

　ケンジはため息をつき、壁を向く。「だいじょうぶだって。おれたちでなんとかしよう」

「いいえ。ケ、ケ、ケンジがなんとかするのよ」

「おれがどうしてこういう結論に至ったか、あんたは考えようともしないのか？　全員いっしょにいるほうがどれだけいいか、わからないのか？　ひとりも排除しちゃだめなんだ。おれたち全員、いっしょにいるべきだ。あんたとケントがうまくやっていけなくなったからって、おれたち全員が苦しまなきゃならねえ筋合いはない。こんなふうに生活するべきじゃねえ」

　わたしは目を閉じる。ゆっくり息を吐いて、気持ちを静めようとする。

「わかってる」わたしは静かにいう。「あなたがどうしてそう思うのか、よくわかる。本当に、ちゃんとわかってる。それに、みんなの無事を願うあなたはすばらしいと思うし、わたしを気遣い、わたしとアダムにもう一度仲よくなってほしいと思ってくれて、感謝してる。あなたがいま、どんなに大変な思いをしているかもわかってる。とても申し訳なく思うわ、ケンジ。心からそう思う。あなたにとって大変な状況だってこともわかってる。けれど、だからこそ、なぜアダムとウォーナーを無理にいっしょにいさせようとするのか、理解できないの。あのふたりを同じ部屋に放りこむなんて。それも逃げ場のない空間に。ケンジはふたりに死んでほしくないんじゃなかったの？」

「ちょっと悲観的すぎないか？」

「どうしてわからないの、ケンジ！」わたしは怒りに駆られて、腕を大きくふった。

　ガシャンという音が聞こえるまで、自分がなにをしたのかわかっていなかった。音のしたほうを見る。わたしはフリーウェイトが置かれた棚《たな》を丸ごと倒していた。それも、部屋の反対側にある棚を。

わたしは歩く災害だ。

「頭を冷やしてくる」口調をやわらげる努力をしながら、ケンジにいう。「あなたが眠っているあいだに、その頭を剃《そ》りに戻ってくるわ」

ケンジは初めて心底おびえた顔になる。「まさか、本気じゃねえよな」

わたしは反対側の壁へ歩いていき、エレベーターのボタンを押す。「ケンジは熟睡するタイプよね?」

「そんな冗談おもしろくねえぞ、ジュリエット——ぜんぜん笑えねえ——」

チャイムが鳴って、エレベーターのドアが開く。わたしはエレベーターに乗りこむ。

「おやすみなさい、ケンジ」

ドアが閉まっても、まだケンジのわめき声が聞こえた。

わたしが部屋に戻ると、ウォーナーはシャワーを浴びていた。

時計を見る。そろそろ、ウォーナーがトレーニングルームへ下りていく時間だ。普段は夜のミーティングをするので、彼とは下で会う。

けれど、わたしはうつ伏せにベッドに倒れこむ。

どうしていいかわからない。

明日、アダムがここに来る。それも、わたしが彼といっしょにいたがっていると思いこんだまま。また彼の傷ついた目を見て立ち去ることになるのは、いやだ。彼を傷つけたくない。それだけはしたくない。ぜったいに。

ケンジを殺してやりたい。

枕の下に頭をもぐりこませ、枕を耳の上に押しつけて世の中を閉めだす。いまは考えたくない。とにかく、いまは無理。どうして、いつも面倒な状況になってしまうの？　なぜ？

背中にだれかの手を感じた。

枕をはね飛ばして起き上がったら、あわてたせいでベッドから落ちてしまう。枕が落ちてきて、顔に当たる。

わたしはうなる。枕を胸に抱き寄せ、やわらかい塊《かたまり》に額を押しつけて、きつく目を閉じる。こんなにひどい頭痛は初めて。

「ジュリエット？」ためらいがちな声がする。「だいじょうぶか？」

わたしは枕を下げ、まばたきする。

ウォーナーはタオルを一枚巻いただけ。

タオル一枚。

わたしはベッドの下に転がりこみたくなる。

「明日、アダムとジェイムズがここに来るの」わたしは唐突《とうとつ》に告げる。なんの感情もこめずに、ただ事実をいう。

ウォーナーは驚いた顔になる。「あのふたりが招待を受ける気になったとは、知らなかった」

「ケンジが連れてくるって。こっそりアダムの家へようすを見に行って、ふたりをここに連れてくるように話をつけたの。明日の朝」

ウォーナーは努めて無表情をたもち、声も変わらない。まるで壁の色の話でもしているみたい。「彼は君の抵抗活動に参加する気はなかったんじゃないのか」

一瞬、わたしはまだ床に転がって枕を抱え、タオルを巻いただけのウォーナーを見つめているのが信じられなくなる。自分のことを真面目に考えることもできない。

「ケンジはアダムに、わたしがまだアダムのことを好きだっていったの」

いってしまった。

怒りの閃光《せんこう》。よぎって消える。ウォーナーの目が一瞬、光った。彼は壁のほうを向き、少しのあいだだまりこむ。「わかった」その声は静かで、落ち着いている。

「アダムをわたしたち仲間のもとに呼び戻すには、そうするしかなかったって、ケンジはいってた」

ウォーナーはなにもいわない。

「でも、わたしの本心は知ってるでしょ。アダムに恋愛感情は持ってない」そんなセリフがすらすらと出てくることに、わたしは驚いてしまう。もっとびっくりするのは、ちゃんと口に出していわなきゃいけないと感じていること。だれよりもウォーナーには、はっきり伝えて安心させなきゃと思っていること。「アダムを気にかけてはいるわ。でもそれは、自分にやさしくしてくれた人への気遣いよ。それ以外の感情はもう……ない」

「わかっている」

ウォーナーはそういうけれど、わたしは信じていない。

「それで、あなたはどうしたい？　明日のこと、アダムのこと？」

「おまえはどうするべきだと思う？」

わたしはため息をつく。「彼と話をすることになると思う。三度目の別れ話をしなきゃいけなくなりそう」わたしはまたうなる。「こんなの、バカげてるわ。ほんと、バカげてる」

ようやく枕を放し、両腕を横に投げだす。

ところが顔を上げると、ウォーナーがいない。

わたしははっと起き上がり、室内を見回す。

彼は部屋の隅《すみ》で、ズボンをはいていた。

わたしは彼を見ないように、ベッドに這《は》い上がる。

靴を脱ぎ捨て、毛布の下にもぐりこみ、枕の山に頭を突っこむ。マットレスが沈んだ。ウォーナーが隣にすわったに違いない。彼はわたしの頭の上の枕をひとつ取って、それに頭をあずける。わたしたちの鼻は十センチくらいしか離れていない。

「彼をまったく好きではないのか？」

わたしはバカみたいな声で聞き返す。「ロマンティックな意味で？」

ウォーナーはうなずく。

「ええ」

「彼に惹《ひ》かれていないのか？」

「わたしはあなたに惹かれてるの」

「真面目に聞いているんだ」

「わたしも真面目に答えてるわ」

ウォーナーはまだわたしを見つめている。一度、まばたきする。

「信じてくれないの？」

彼は目をそらす。

「わからないの？　わたしの気持ちを感じ取れないの？」

ウォーナーが赤くなった。それとも、わたしの頭がおかしいのだろうか。

「わたしを買いかぶりすぎだ、ジュリエット」彼の目はじっと毛布を見つめ、言葉はやさしい。「おまえはわたしに失望するだろう。わたしはおまえが思いもしないような、欠陥だらけの人間だ」

わたしはベッドの上に起き上がる。まじまじと彼を見る。「あなたはまるで違う。まるで違うのに、まったく同じ人」

「どういう意味だ？」

「いまのあなたはとてもやさしい。それにとても……穏やか。以前のあなたとは比べものにならない」

彼は長いことなにもいわない。やがて立ち上がり、そっけなくいう。「ああ、そうだな、おまえとキシモトなら、きっとこの状況を解決する方法を見つけるだろう。失礼する」

そして去っていく。また。

わたしはもう、彼をどう考えていいのかわからない。


アダムが来た。

ウォーナーはアダムの件には完全に無関心で、朝のトレーニングを省《はぶ》いて、軍の仕事へ行ってしまった。

そしていま、わたしはここにいる。

エレベーターから下りたところだ。ドアが開くのを知らせるチャイムの音で、みんなはわたしの到着に気づいている。アダムは部屋の隅《すみ》に立って、ジェイムズと話をしていた。そして、いま、わたしを見ている。

こうしてアダムを見ていると、奇妙な感じがする。わたしのなかに激しい感情はない。圧倒的な幸福感や悲しみはない。動揺《どうよう》もない。歓喜《かんき》もない。彼の顔は見慣れているし、彼の体も見覚えがある。わたしを見たときのおずおずとした笑顔も、よく知っているものだ。

　一度の人生で、友だちから恋人になり、憎みあった挙句《あげく》、なんでもない関係になれるなんて、とても不思議だ。

「おはよう」わたしは声をかける。

「やあ」アダムは目をそらす。

「おはよう、ジェイムズ」わたしはほほえむ。

「おはよう！」ジェイムズは元気に手をふってくれる。アダムのすぐ横で目を輝かせ、みんなとの再会にすっかり興奮している。「ここ、すごいね」

「でしょ」わたしはうなずく。「シャワーを浴びてみた？　ここはお湯が出るのよ」

「ああ、そうだってね」恥ずかしそうにいう。「ケンジから聞いた」

「シャワーを浴びてさっぱりしてきたら？　もうすぐドゥラリューが昼食を持ってきてくれるわ。ブレンダンがロッカールームを見せてくれると思うから、荷物はそこに置けばいい。自分のロッカーが持てるのよ」ジェイムズに説明しながらブレンダンに目をやると、ブレンダンはうなずき、わたしの意図を察してぱっと立ち上がる。

「ほんと？」とジェイムズ。「やったあ。待ってれば、食べ物が出てくるの？　それに、いつでもシャワーを浴びられるの？　消灯時間はある？」

「イエス、イエス、そして最後はノーだ」ブレンダンが答える。ジェイムズの手を取り、小さいバッグを持ってやる。「ここでは、好きなだけ夜ふかしできるんだ。そうだな、夕食のあと、ここにあるエクササイズバイクの使い方を教えてやるよ」ブレンダンの声はだんだん遠ざかり、ジェイムズといっしょにロッカールームへ消えていく。

ジェイムズがいなくなったとたん、だれもがふうっと息を吐いたようだった。

わたしは覚悟を決めて、前に進む。

「本当にごめん」先にアダムが口を開き、部屋を横ぎってこちらに歩いてくる。「まさか――」

「アダム」わたしは彼をさえぎる。不安だ。緊張する。でも、いわなきゃ。いま、いっておかなきゃ。「ケンジの話は嘘よ」

アダムが立ち止まる。ぴたりと止まる。

「わたしはあなたに会いたいと泣いていたわけじゃない」彼を傷つけず、屈辱的《くつじょくてき》な思いもさせずにこんな話をするなんて、そもそも可能なのだろうか？　わたしはやっぱりひどい怪物だ。「あなたがここに来てくれてすごくうれしいけれど、わたしたちはもう付き合うべきじゃないと思う」

「えっ」アダムは愕然《がくぜん》とする。目を落とし、両手で髪をかき上げる。「そうか」

視界の隅《すみ》で、ケンジがこちらを見ているのがわかる。手をふってわたしの注意を引こうとしているけれど、あいにく、いまのわたしはまだケンジにすごく腹を立てている。アダムと話がつくまでは、ケンジと話すつもりはない。

「アダム、ごめんなさい――」

「いいや」彼は片手を前に出して、わたしを止める。とまどっているようだ。ようすがおかしい。「かまわない。本当だ。君がそういうだろうってことは、わかっていた」アダムは少し笑う。でも、ぎこちない。「前もってわかっているんだから、まともに腹を殴られるような衝撃《しょうげき》は受けないだろうと思っていた」体をすくませる。「けど、ぜんぜんだった。めちゃくちゃきついよ」後ずさって壁にもたれ、ずるずると床にすわりこむ。

アダムはわたしを見ていない。

「どうしてわかったの？」わたしはたずねる。「わたしがなにを話すつもりだったか、どうしてわかったの？」

「あんたが来る前に、おれが話しといたからさ」ケンジが前に出てきて、わたしに鋭い視線を向ける。「おれがすっかりしゃべっちまった。昨日あんたと話した内容を、こいつに教えた。あんたのいってたこと全部だ」

「それでどうして、アダムがここにいるの？」わたしは驚いて聞き返す。アダムに向き直る。「二度とわたしの顔を見たくないって、いってたのに」

「それはいいすぎだった」アダムはまだ床を見ている。

「じゃあ……いいの？　ウォーナーがいても？」

顔を上げたアダムは一瞬でがらりと変わり、嫌悪《けんお》感をあらわにした。

「気でも違ったのか？　おれはあいつの頭で壁をぶち抜いてやりたいと思ってるよ」

「それなのに、なぜここにいるの？」わたしはもう一度聞く。「わからない――」

「死にたくないからだ」アダムは答える。「どうやって弟を食わせていくか頭を絞った結果、解決策はこのムカつく方法しかないとわかったからだ。外はひどく冷えこむし、弟は腹を空かせている、おまけに電気はじきに止められるからだ」アダムは息を荒げている。「ほかにどうしていいかわからなかった。だから、こうしていま、ここにいる。プライドを便所に捨て、元彼女の新しい恋人の部屋に住まわせてもらおうとしてる。死にたい気分だ」ぐっと感情をのみこむ。「けど、そのくらいのことには耐えられる。それでジェイムズが安全にすごせるならな。だからこうして、君のムカつく恋人が現れて、おれを殺そうとするのを待っている」

「ウォーナーは恋人じゃないわ」わたしは静かにいう。「それに、彼はあなたを殺したりしない。あなたがここにいることを、気にもしていない」

アダムは声を上げて笑う。「バカな」

「わたしは真面目よ」

アダムは立ち上がって、わたしの目を探る。「つまり、こういってるのか？　おれはここにいてもいい。やつのトレーニングルームに泊まり、やつの食糧を食っていい。しかも、やつは平気でおれにそうさせると？」アダムが疑わしそうに目を見開く。

「君はまだわかってない。やつは君の思っているようなやり方はしないんだ、ジュリエット。やつは普通の人間とは考え方が違う。忌々《いまいま》しい社会病質者《ソシオパス》だ。そんなやつと普通に付き合えると思っているなら、君もどうかしてる」

わたしはショックでたじろぐ。「口のきき方に気をつけて、アダム。今度、侮辱《ぶじょく》するようなことをいったら許さないわ」

「まったく、信じられないよ。君がそこに立ちはだかって、おれをそんなふうに扱うとはね」アダムの顔がひどくゆがんで、いやな表情になる。

怒りだ。

「あなたを傷つけるつもりはない――」

「へえ、サイコ野郎の胸に飛びこむ前に、それを思い出すべきだったな！」

「落ち着け、ケント」部屋の隅《すみ》から、ケンジの鋭い声が飛んでくる。「冷静に対処するっていっただろ」

「おれは冷静だ」アダムの声は高くなり、目はかっと燃えている。「それどころか、聖人だよ。この状況で、おれほど寛大な態度をとれる人間がほかにいるか？」わたしをふり返る。「おれと付き合っているときも、君はずっと嘘をついていた。ずっとおれをだましていた――」

「そんなことない」

「一夜にしてとつぜん、こんな状況になるわけないだろ」アダムは怒鳴る。「それまで愛していた人間を、いきなりきらいになるわけがない――」

「わたしたちは終わったのよ、アダム。二度とこういう話をするつもりはないわ。あなたたたちにはここにいてほしい、歓迎する。なにより、ジェイムズのために。けれど、ここに滞在するのなら、わたしを侮辱《ぶじょく》するのはやめて。あなたにそんな権利はない」

アダムは歯を食いしばり、自分の荷物をつかむと、足音荒くロッカールームに入っていった。

「殺すわよ」

「おれがようすを見に行ったときは、あんなじゃなかったんだよ」ケンジは弁解する。「ほんとだって。ケントは冷静だった。悲しんでた」

「そう。じゃあ、わたしの顔を見て、彼に楽しい思い出がよみがえるわけないじゃない」

ケンジはため息をつき、目をそらす。「悪かったよ、マジで。けど、あいつの話は嘘じゃねえ。おれが最後にケントの家に行ったときには、ほとんどなにも残ってなかった。あいつの話じゃ、爆発で貯蔵室の棚《たな》が壊されていたことに気づかず、蓄《たくわ》えていた物資の半分がダメになっていたらしい。瓶《びん》が何本か割れていて、ネズミやなんかが大事な食糧を食ってたんだと。しかも、あいつらは外の世界でふたりきりだった。外はめちゃくちゃ寒いんだぞ。そんなふたりを見てどんな気持ちになったか、あんたにゃわかんねえだろう。それに、ジェイムズ――」

「わかるわ、ケンジ」わたしは息を吐く。床の上で両ひざを抱える。「よくわかる」

顔を上げて、まわりを見る。みんな、それぞれ忙しくしている。走ったり、スケッチをしたり、練習したり、ウェイトトレーニングをしたり。みんな、わたしとアダムのごたごたにうんざりしているんだと思う。もう関わりたくないのだ。

ケンジがわたしの向かいにすわる。

「アダムにずっとあんな態度でいられるのは我慢できない」ようやく、わたしは口を開く。「それに、同じ会話をくり返したくない」わたしは顔を上げる。「彼をここに連れてきたのは、あなたよ。彼のことはあなたの責任だわ。作戦開始まで、あと三週間。無駄なことに時間を割《さ》く余裕なんてない。わたしは毎日ここに下りてきて、トレーニングする必要がある。彼がわたしを見るたびにおかしくなるんじゃないかって、心配させられるのはごめんだわ」

「わかってる」とケンジ。「わかってる」

「よかった」

「そういえば――あの話は本当か？　ウォーナーは、アダムがここにいてもかまわないといってるって話？」

「ええ。どうして？」

ケンジは眉《まゆ》を吊り上げる。「そいつは……妙だな」

「いつか、わかるわ。ウォーナーはあなたが思ってるような変人じゃないって」

「ああ。あるいは、いつか、あんたの頭に埋めこまれたマイクロチップのプログラムを修正できるかもな」

「もうっ」わたしは笑って、彼を軽く押しやる。

「よっしゃ。立て。行くぞ。トレーニングの時間だ」

アーリアが新しい服をデザインしてくれていた。

わたしたちは夜いつもしているように、マットの上にすわっている。いまちょうど、アーリアがデザイン画を見せてくれているところだ。

こんなに生き生きしたアーリア、見たことがない。

天気の話より、スケッチブックに描いた絵の話をするときのほうが、自信に満ちている。早口でなめらかに、服の細部や寸法、製作に必要な材料の説明までしてみせる。

材料は炭素だ。

正確にいうと、炭素繊維。アーリアの説明では、炭素繊維は固くてざらざらしているので、着られるようにするにはかなりしなやかな素材の裏地が必要だという。そこで彼女は、数種類の素材を試してみようと考えている。ポリマーのようなものとか。化学繊維とか。ほかにも、わたしにはよくわからない言葉をいくつか挙げた。アーリアのスケッチには、炭素繊維を文字どおり編んで布地に仕立て、耐久性のある軽い素材を作る方法が描かれている。こんな素材があれば、わたしが必要としているものを作る強力な材料になる。

アーリアのアイデアは、前にわたしに作ってくれた真鍮《しんちゅう》のメリケンサックから着想を得たものだった。

最初は、あのメリケンサックのように、無数のガンメタルの小片をつなぎ合わせた構造の服を作りたかったのだけれど、理想的な薄さの金属片を作る道具がないことや、それでは服として重すぎることに気づいたのだという。とはいえ、そのアイデアもじゅうぶんすばらしい。

「この服には、あなたの力を引き立て、いっそう高める働きがあるのよ」アーリアがわたしに説明する。「炭素繊維には高い防護機能があるの。簡単には破れないから、どんな環境でも自由に動き回れる。危険な環境下では、常に〝エレクトリクム状態〟をたもってエネルギーを〝オン〟にしておくことを忘れないで。これで、あなたの体は傷つくことがなくなる」

「どういうこと……？」わたしはもっとわかりやすい説明を求め、アーリアからキャッスルに目を向ける。「どうして、そんなことが可能なの？」

「それはね」アーリアが説明する。「あなたが自分の手を傷つけずにコンクリートを破壊できるのと同じ原理よ。あなたは攻撃にも耐えられるはず。例えば、銃弾が飛んできたりしても、怪我《けが》をしないでいられるはずなの」アーリアはにっこりする。「あなたの持つ力が、あなたを無敵にしてくれるってこと」

すごい。

「この服はなによりも用心のため」アーリアはつづける。「これまで見てきたように、あなたは自分の力を完全にコントロールしなければ、自分の皮膚を傷つけることがある。ほら、研究室で床を破壊したときみたいに。あなたが自分を傷つけてしまうのは、発揮した力が途方もなく大きいせいじゃないかと、わたしたちは考えた。ところが、当時の状況とあなたの能力を徹底的に調べた結果、キャッスルとわたしはその推論が間違っていることに気づいたの」

「われわれのエネルギーは、けっして矛盾《むじゅん》した働きをすることはない」キャッスルが口をはさみ、アーリアにうなずく。「常に決まった働きをする――数学的といっていいほど正確に一定の働きをする。コンクリートの壁を破壊しても自分の手を傷つけることがないのに、床を破壊するときは怪我《けが》をして、次に同じことをしたときは無傷というのは、おかしい」キャッスルはわたしを見る。「君の怪我は、君がその能力をきちんとコントロールできているかどうかに関係しているのだ。〝エレクトリクム状態〟から脱してしまうと――ほんの一瞬でも力を抜くと――君は無防備になってしまう。常に自分の能力を〝オン〟にしておくことを忘れないように。それさえ守っていれば、君は向かうところ敵なしだ」

「うっわ、冗談じゃねえぜ」ケンジが小声でぼやく。「〝向かうところ敵なし〟ってなんだよ」

「妬《や》いてるの？」わたしはにやりと笑ってみせる。

「もう、あんたをまともに見ることもできねえ」

「驚くことはない」ウォーナーが入ってきた。わたしがふり向くと、彼はだれにともなくかすかにほほえんでこちらへ歩いてくる。そして向かいにすわって、わたしの目を見る。「わたしは前から知っていた。自分の力をコントロールできるようになれば、おまえは無敵だ」

わたしは息をしようとする。

ウォーナーはやっとわたしから目をそらし、さっと室内を見回す。「こんばんは」

みんなに声をかけ、キャッスルにうなずく。キャッスルにだけは特別な反応だ。

　アダムも特別な反応をしている。

激しい憎悪をむきだしにして、ウォーナーをにらんでいる。本気で殺したがっているかのような目つきだ。わたしの一日じゅう抱えていた不安が、急にふくれあがる。わたしはウォーナーを見て、アダムを見て、またウォーナーを見る。どうしていいかわからない。どうなるのだろうか？　わたしはどうしても平和的に進めたくて――

「やあ」ジェイムズの大きな声に、みんながはっとする。ジェイムズはウォーナーを見ている。「ここでなにしてるの？」

　ウォーナーは片方の眉《まゆ》を上げる。「わたしはここに住んでいるんだ」

「ここが家なの？」

どういうこと？　ここに来るとき、アダムとケンジはジェイムズになんていったの？

　ウォーナーはうなずく。「ある意味では、そうだ。ここにはわたしの住居もある。住んでいるのは、上の階だ」

「すごいね」ジェイムズは満面の笑顔だ。「ここって、ほんと、すごいや」そして顔をしかめる。「あ、だけどぼくたち、あなたを憎んでることになってるんだった」

「ジェイムズ」アダムが弟を目で叱《しか》る。

「なに？」ジェイムズは聞き返す。

「わたしを憎むのは自由だ」ウォーナーがいう。「そうしたければ、すればいい。わたしは気にしない」

「ええっ、気にしなよ」ジェイムズは驚く。「ぼくだったら、だれかにきらわれたらすごく悲しいよ」

「幼いからだ」

「もうすぐ十二だよ」

「十歳と聞いたが」

「だから、もうすぐ十二なんだって」ジェイムズはあきれた顔をする。「あなたは何歳？」

だれもが見守っている。耳をそばだてている。おもしろすぎる展開に、目をそらせない。

ウォーナーはまじまじとジェイムズを見つめている。それからゆっくり答える。

「十九歳だ」

ジェイムズの目が丸くなる。「じゃあ、アダムよりいっこ上なんだね。アダムと一年しか違わないのに、どうしてこんなにたくさんいいものを持ってるの？　その年でこんなにすごいものを持ってる人なんていないよ」

ウォーナーはわたしに目をやり、ジェイムズに目を戻す。またわたしを見る。「この話に付けくわえたいことはあるか、ラヴ？」

わたしは首をふる。顔がほころぶ。

「どうして、ジュリエットのこと〝ラヴ〟って呼ぶの？」ジェイムズが聞く。「前にもそう呼んでたよね。何度も。ジュリエットが好きなの？　アダムも彼女のこと好きなんだと思う。でも、ケンジは好きじゃないんだよ。ぼく、聞いたんだ」

ウォーナーはきょとんとしている。

「ねえ？」ジェイムズがせっつく。

「なんだ？」

「ジュリエットのこと、好きなの？」

「おまえは好きなのか？」

「え？」ジェイムズは赤くなる。「ううん。だって、ぼくよりすっごく年上だもん」

「だれか、この会話を引き継ぎたい者はいないのか？」ウォーナーは一同を見回す。

「まだ、ぼくの質問に答えてないよ」ジェイムズがいう。「どうして、こんなになんでも持ってるの？　失礼かな、こんなこと聞くの。ただ、なんでだろうって思って。ぼく、いままでお湯のシャワーなんて浴びたことなかったんだもん。それに、たくさん食べ物を持ってる。いつもたっぷり食べ物があるって、すごく幸せだよね」

ウォーナーは意外にもひるんでいる。さらにじっとジェイムズを観察し、ゆっくりと答える。「ああ。いつも食糧と湯が手に入るのは、悪くない」

「それじゃあ、教えてくれる？　こういうの全部、どこで手に入れたの？」

ウォーナーはため息をつく。

「わたしは第45セクターの最高司令官兼首長だ。そしてここは、軍の基地だ。わたしの仕事は、ここで兵士と居住区に住む市民を監督すること。わたしはここに住んで給料をもらっている」

「うわあ」ジェイムズはたちまち青くなる。急にひどくおびえだす。「再建党の仲間？」

「おい、心配するな、ぼうず」ケンジがジェイムズに声をかける。「ここにいれば安全だ。わかるか？　だれもおまえを傷つけることはねえ」

「こんなやつに夢中なのか、え？」アダムがわたしに嚙みつく。「子どもを怖がらせるようなやつに？」

「また会えてうれしいよ、ケント」ウォーナーはアダムを見ている。「ここの居心地はどうだ？」

アダムは乱暴な言葉を吐きたい衝動《しょうどう》と闘っているようだ。

「じゃあ、本当に再建党の仲間ってこと？」ジェイムズがもう一度、ウォーナーにたずねる。声は吐息のように小さく、目はウォーナーの顔に張りついたまま。がたがた震えている姿に、わたしはたまらなくなる。「再建党の仲間なの？」

ウォーナーはためらっている。目をそらし、また戻す。「建前上は、そういうことになる」

「どういうこと？」とジェイムズ。

ウォーナーは自分の手を見つめている。

「ねえ、タテマエジョーってどういう意味？」ジェイムズはせっつく。

「なにが知りたいんだ？」ウォーナーはため息をついて答える。「事実をはっきりさせたいのか？　それとも、〝タテマエジョー〟という言葉の意味を知りたいのか？」

ジェイムズは口ごもる。少しのあいだ、パニックが苛立ちに変わり、むっとした顔になる。「いい直すよ。タテマエジョーって言葉の意味を教えて」

「建前上は」ウォーナーは答える。「再建党の仲間として働いている。しかし見てのとおり、わたしは反乱グループを政府所有の軍事基地に——そこにある、わたし専用エリアに——かくまい、彼らが現政権を倒す手助けをしている。したがって、実態はノーだ。わたしは、厳密には、再建党のために働いているとはいえない。反逆を企《くわだ》てているのだ。発覚すれば死刑となる罪を犯している」

ジェイムズは長いこと、ウォーナーを見つめている。「それが、タテマエジョーっていう言葉の意味?」

ウォーナーは顔を上げて壁を見る。ふたたび、ため息をつく。

わたしは笑いをかみ殺す。

「ちょっと待って——じゃあ、悪いやつじゃないんだね」ジェイムズが唐突《とうとつ》にいう。

「ぼくたちの味方ってことだよね?」

ウォーナーはまばたきする。二回。「まあ、そんなものかな」自分の言葉が信じられないようすだ。

「そろそろ、ジュリエットの服の話に戻らないか」キャッスルが割って入り、ウォーナーを見て誇《ほこ》らしげにほほえむ。「アーリアはデザインにかなりの時間をかけていた。もっとくわしい説明があるだろう」

「そうだ」ケンジが勢いこむ。「この服はすげえよ、アーリア。おれも一着ほしい。

作ってくれねえか？」

ウォーナーの手が震えているのに気づいているのは、わたしだけだろうか？

「わたしを殴れ」

ウォーナーはわたしの目の前に立って、誘うように小首をかしげる。みんなはわたしたちを見守っている。

わたしは首をすばやく横にふる。

「恐れることはない、ジュリエット。試してほしいだけだ」

彼は両手を体の横にたらし、楽な姿勢をとっている。いまは土曜の朝。つまり、平日用のトレーニングは休みだ。そこで、わたしとトレーニングをすることにしたのだ。

わたしはもう一度首をふる。

ウォーナーは笑う。「おまえがケンジとやっていたトレーニングは、悪くない。だが、これも同じくらい重要だ。おまえは戦い方を学ぶ必要がある。自分の身を守れるようにならなければならない」

「自分の身くらい守れるわ。そのくらいの強さは持ってる」

「おまえにはすばらしい力があるが、戦闘技術がともなわなければ価値はない。相手に制圧される可能性があるなら、まだじゅうぶんとはいえない」

「制圧されることなんてない。まずないと思う」

「たいした自信だな」

「だって、事実だもの」

「わたしの父と初めて会ったとき、おまえはいきなり制圧されたんじゃなかったのか？」

わたしはぞっとする。

「それに、わたしがオメガポイントを脱出したあとで戦闘に出向いたとき、おまえはまた制圧されたんじゃなかったか？」

わたしは両手を握りしめる。

「そして捕らわれたあとも」ウォーナーは淡々とつづける。「わたしの父に、またもや制圧されてしまったんじゃないのか？」

わたしはがくんと頭をたれる。

「おまえに自分の身を守れるようになってほしいんだ」ウォーナーの声はやさしくな

っている。「戦い方を学んでほしい。このあいだケンジがいっていたことは、間違っていない。力をやみくもに使えばいいわけではない。正確に投射できるようになれ。動きは常に計算しつくされたものでなければならない。あらゆる可能性をふまえ、精神的にも身体的にも、敵の動きを予測できるようになれ。力は初めの一歩でしかない」

わたしは顔を上げ、彼の目を見る。

「さあ、殴れ」彼はいう。

「殴り方がわからない」わたしはとうとう認めてしまう。恥ずかしい。

ウォーナーはほほえみそうになるのを、相当な努力でこらえている。

「志願してもいいか?」ケンジの声がした。こちらに歩いてくる。「ジュリエットにその気がねえんなら、おれが喜んでおまえをぶっ飛ばすぞ」

「ケンジったら」わたしはくるりとふり向き、険しい目でにらむ。

「なんだよ?」

「さあ、やってごらん、ジュリエット」ウォーナーがわたしをうながす。ケンジの言葉に動じることなく、ほかにはだれも存在していないかのようにわたしを見ている。

「試してほしいんだ。力を使え。お前の持っている力をすべて使うんだ。そしてわたしを殴ってみろ」

「そんなことしたら、あなたを傷つけてしまう」

ウォーナーはまた笑う。目をそらし、唇を噛んで、こみあげてくる笑みを抑えている。「わたしを傷つけることはない。信用しろ」

「あなたがわたしの力を吸収するから？」

「いいや」ウォーナーは否定する。「おまえはわたしを傷つけることができないからだ。おまえは傷つける方法を知らない」

わたしは苛立って、顔をしかめる。「わかった」

殴るって、拳骨《げんこつ》でぶつことよね。わたしは手を握ってふりかぶる。けれど、その動きは弱々しく不安定で、屈辱《くつじょく》的なくらい下手すぎて、とちゅうであきらめそうになる。

ウォーナーに腕をつかまれた。彼はわたしの目を見る。「集中しろ。自分がおびえている状況を想像するんだ。おまえは追いつめられている。命がけで戦っている。さあ、自分の身を守れ」

わたしはもっと真剣に腕を引く。今度はさっきより強くやってみよう。ところが、ウォーナーにひじをつかまれ、軽く揺さぶられる。「野球をやっているんじゃないんだぞ。殴る前にいちいちふりかぶるな。ひじを上げる必要もない。これからしようとしていることを、敵に気づかせるな。相手の意表をつかなければ、効果が半減する」

わたしはもう一度やってみる。

「ジュリエット、わたしの顔は真ん中にあるんだ、ほらここだ」ウォーナーは自分のあごを指で叩く。「なぜ、肩を狙う？」

もう一度、やってみる。

「よし――腕の動きをコントロールしろ――左の拳《こぶし》は下ろすな――自分の顔をガードしろ――」

わたしは力いっぱい殴る。彼に準備ができていないことを知っていても、卑劣《ひれつ》なパンチ、意表をつくパンチをくりだす。

彼の反応は驚くほど速い。

一瞬でわたしの前腕をがっしりつかむ。そのまま下へぐっと引っぱられ、わたしはバランスをくずして彼のほうに倒れかかる。ふたりの顔が数センチまで接近する。

わたしは恥ずかしくなって、顔を上げる。

「いまのは悪くなかった」ウォーナーはおもしろくなさそうにいって、わたしを放す。

「もう一度」

わたしはやる。

彼はわたしのパンチを手の甲で止め、手首のすぐ内側でわたしの腕を横に払いのけた。

わたしはもう一度挑戦する。

彼は片手でわたしの腕をつかみ、またぐっと引き寄せる。「だれにも、こんなふうに腕をつかませるな。いったんつかまれたら、相手のいいようにされてしまう」その言葉を証明するように、わたしの腕をつかんだまま前に引っぱり、さらに後ろへ突き飛ばす。

彼は力を加減している。

それでも。

だんだん苛立ちがつのってくる。そんなわたしに、彼は気づいている。

ほほえんでいる。

「本当に、わたしに傷つけられたいの？」わたしは険しい目をして、彼にたずねる。

「おまえにできるとは思えない」

「それは思い上がりじゃないかしら」

「なら、証明してみせろ」ウォーナーは片方の眉《まゆ》を上げてみせる。「ジュリエット、さあ」

わたしは拳《こぶし》を突き出す。

彼はブロックする。

わたしはもう一度殴る。

彼はさえぎる。

彼の前腕は鋼鉄でできているみたい。

「これって、パンチの練習じゃないの？」わたしは自分の腕をさする。「どうして、全部、前腕で止めてしまうの？」

「おまえの拳《こぶし》には力がこもっていない。ただの道具だ」

わたしはふたたび拳《こぶし》をふったものの、最後の瞬間にひるんでしまい、自信がなくなる。

彼はわたしの腕をつかみ、下に引く。

「ためらうなら、わざとためらえ。人を傷つけるなら、わざと傷つけろ。戦いに負けるなら、わざと負けろ」

「ただ――うまくできないの。手は震えているし、腕は痛いし――」

「手本を見せてやる。わたしの動きをよく見ていろ」

ウォーナーは足を肩幅に開き、ひざをわずかに曲げる。左の拳《こぶし》を上げて後ろに引き、顔の横をガードする。右の拳《こぶし》は左の拳《こぶし》より高く、気持ちななめ前にかまえる。脇を締め、両ひじを胸に引きつける。

動きがよく見えるように、スローモーションでパンチをくりだす。

彼の体は張りつめ、集中して狙いをつけ、すべての動きがコントロールされている。彼の力は体の奥底から来ている。長年の徹底的なトレーニングでつちかわれたものだ。筋肉がどう動くべきかを知っている。どう戦うべきかをわかっている。彼の力はたまたま授かった超自然的な力とは違う。

彼の拳《こぶし》がわたしのあごをやさしくかすめる。

彼を見ていると、とてもたやすく思える。それなのに、なんでこんなに難しいんだろう。

「交代するか?」ウォーナーがたずねる。

「なにを?」

「わたしがおまえを殴ろうとしたら、おまえは自分の身を守れるか?」

「無理よ」

「やってみろ。わたしの攻撃を防ぐんだ」

「わかった」そういったものの、まったく気が進まない。自分がバカみたいだし、いらいらする。

彼はまた、わかりやすいようにスローモーションで拳《こぶし》をくりだす。

わたしは彼の腕を払いのける。

彼は両手を下ろし、笑いをこらえる。「防御《ぼうぎょ》のほうは、思っていた以上にひどいな」

わたしはむっとする。

「前腕を使え。わたしのパンチをブロックしろ。前腕で払いのけると同時に、体勢を変えるんだ。ブロックするときは、相手の拳《こぶし》から顔をそらせ。自分の体を危険から遠ざけろ。その場に突っ立って、手ではたこうとするんじゃない」

わたしはうなずく。

彼がゆっくり殴りかかる。

わたしはすばやくブロックし、前腕で彼の拳《こぶし》を力いっぱい払いのける。

思わず、ひるんでしまう。

「相手の動きを予測するのはいいが」彼は鋭い目をして注意する。「顔に出すな」

次のパンチが来る。

わたしは彼の前腕をつかむ。前腕をにらんで、さっき彼がしたように下へ引っぱろうとする。ところが、彼は文字どおりびくともしない。ぜんぜん動かない。まるで、コンクリートに埋めこまれた金属の柱を引っぱっているみたい。

「いまのは……悪くなかった」ウォーナーはほほえむ。「もう一度やってみろ。集中しろ」わたしの目をのぞきこむ。「集中するんだ、ジュリエット」

「してるってば」わたしはいらっときて、いい返す。

「足元を見ろ。おまえは足の前部に体重をかけていて、すぐにも倒れそうだ。足を踏ん張れ。ただし、いつでも動けるようにしていろ。かかとに体重をかけるんだ」彼は自分の足の裏をぽんと叩いてみせる。

「わかった」わたしは怒って、ぴしゃりと答える。「ほら、かかとに体重をかけたわよ。もう倒れないわ」

ウォーナーはこちらを向き、わたしの目を見すえる。「怒っているときは、ぜったいに戦うな。怒りは能力を低下させる。怒りは集中力を乱す。勘《かん》がにぶる」

わたしは頬《ほお》の内側を嚙む。腹立たしいし、恥ずかしい。

「もう一度やってみろ」彼はゆっくりいう。「冷静さを失うな。自分を信じろ。できると信じなければ、できはしない」

わたしはうなずく。少し気分がやわらいだ。集中する。

どうぞ、と彼に告げる。

拳《こぶし》が飛んでくる。

わたしは左腕を直角に曲げ、彼の前腕に叩きつけてパンチを止める。同時に顔をそらし、両足をパンチの飛んでくる方向へ向ける。それでも、しっかり立っている。

ウォーナーは楽しそうだ。

もういっぽうの拳を突き出してくる。

わたしは伸びる彼の前腕をつかみ、手首のすぐ上を強く握る。そして不意を突き、その腕をななめ下に引っぱって彼のバランスをくずす。危うく、わたしにぶつかりそうになるウォーナー。彼の顔がわたしの顔の正面に来る。

驚いて、わたしは一瞬、どうしていいかわからなくなる。彼の瞳《ひとみ》に捕らわれてしまう。

「押せ」彼がささやく。

わたしは彼の腕をつかむ手に力をこめ、彼を部屋の反対側めがけて突き飛ばす。

彼は吹っ飛んだけれど、床にぶつかる前に体勢を立て直した。

わたしはその場に凍りつく。呆然《ぼうぜん》とする。

だれかが口笛を吹いた。

わたしはそちらをふり返る。

ケンジが手を叩いている。「よくできました、プリンセス」笑いをこらえている。

「あんたにそんな力があったとはな」

わたしはにやりとする。恥ずかしさと、バカげた誇《ほこ》らしさが混ざり合っている。

部屋の反対側のウォーナーと目が合う。彼は満面の笑みでうなずく。「よくできた。上出来だ。のみこみが早い。だが、するべきことはまだ山ほどあるぞ」

わたしがようやく目をそらすと、その拍子にアダムがちらりと視界に入った。

アダムは怒っていた。


風で遠くへ飛ばされる凧《たこ》のように、日々はあっというまに過ぎていった。

いまでは毎朝、ウォーナーがわたしのトレーニングに付き合ってくれる。彼が自分のトレーニングを終え、わたしがケンジとのトレーニングを終えたあと、わたしとすごす時間を二時間作ってくれたのだ。週に七日、毎日。

彼は理想的な教師だ。

生徒のわたしに対して、とても辛抱強い。とても感じがいい。けっしていらいらしないし、わたしが新しいことを学ぶのにどれだけ時間がかかろうと嫌そうな顔をしない。姿勢や動きや細かい部分について、その理由をひとつひとつ時間をかけて説明してくれる。自分のしていることを根本的に理解するように求める。彼の動きをただまねるのではなく、かならず教わったことを消化して完全に自分のものにさせる。

わたしはようやく、いろんな意味で強くなる方法を学びつつある。

奇妙な感じだ。攻撃の仕方を知ることが大事だなんて考えたこともなかったし、防《ぼう》御《ぎょ》の仕方を知るだけでこんなにも自信がつくとは思わなかった。

いまでは、自分の体がかなりよくわかる。

歩いていると、体に力がみなぎっているのを感じる。ひとつひとつの筋肉の名前をいえるし、それぞれの筋肉の使い方も心得ている——間違った使い方をすればどれだけ損傷を受けるかまで知っている。反射神経がよくなって、感覚も鋭くなっている。だんだん周囲の状況がわかってきて、危険を予測したり、相手の体のかすかな動きで怒りや攻撃性を察知したりできるようになってきた。

しかも、投射までほとんど楽にできてきてしまう。

ウォーナーはありとあらゆる物を集めた。わたしに正確に標的を狙う練習をさせるためだ。木切れや金属片、古い椅子《いす》やテーブル。コンクリートの塊《かたまり》。力を試せそうなものならなんでも。キャッスルが念力で物を空中に放り、わたしが部屋の反対側からそれを破壊する。最初はぜんぜんだめだった。自分を完全にコントロールすることが要求される。かなりの集中力が必要なのだ。

ところがそれも、いまではお気に入りのゲームのひとつになっている。

わたしはどんな物でも空中で止めたり破壊したりできる。それも部屋の反対側から。両手でエネルギーをコントロールすればいいだけ。自分の力をどんな方向へも動かせるし、その力を小さい物に集中させ、それから範囲を拡大してもっと大きな物へ向けることもできる。

トレーニングルームにあるものなら、なんでも動かせる。もうぜんぜん難しくない。

ケンジはそろそろ次の段階に移るべきだと考えている。

「ジュリエットを外へ連れていきたい」ケンジが直接ウォーナーに話しかけている――とても自然に。そういうところを見ると、わたしはまだ奇妙に感じてしまう。

「自然界にある物を使った練習を始めさせたほうがいいと思うんだ。ここじゃ、使える物がかなり限られてるからな」

ウォーナーはわたしを見る。「どう思う?」

「危なくない？」

「その心配はいらないんじゃないか？　いずれにせよ、一週間後にはおまえと外へ出ようと考えている」

「それもそうね」わたしはほほえもうとする。


この二週間、アダムはいつになくおとなしい。

ケンジから注意するようにいわれたからなのか、本当にこの状況を受け入れたからなのか、わたしにはわからない。もしかしたら、わたしとウォーナーのあいだに恋愛感情はないとわかってくれたのかも。だとしたら、うれしいと同時にがっかりだ。

ウォーナーとわたしには、ある種の了解が成立した気がする。礼儀正しく、妙によそよそしい関係が、友情とうまく説明できない感情とのあいだで慎重《しんちょう》にバランスをとっている。

楽しいとはいえない関係だ。

けれどアダムは、ジェイムズがウォーナーに話しかけても邪魔しない。ここでの生活を恐れる理由をあたえることで、ジェイムズの心を傷つけたくないと思っているからだと、ケンジはいっていた。

そういうわけで、ジェイムズはひっきりなしにウォーナーに話しかけている。ジェイムズは好奇心旺盛な子どもで、ウォーナーは非社交的な謎めいた青年。当然、ウォーナーはジェイムズが質問を浴びせる格好の標的になる。ふたりのやりとりは、いつもみんなを楽しませてくれる。ジェイムズは少しも悪びれず、ウォーナーに対してだれよりも堂々と口をきく。

ほほえましい。

それ以外は、だれもが進歩を見せている。ブレンダンとウィンストンは完全に回復し、キャッスルは日ごとに快活になっている。リリーはひとりでもだいじょうぶなタイプで、あまり楽しみを必要としない女の子だ――けれど、イアンといっしょにいると元気が出るらしく、イアンのほうもリリーに対してそう思っているようだ。

こうした孤立した状況が人と人を結びつけるのも、もっともだと思う。

アダムとアーリアのように。

アダムは最近、アーリアといっしょにいる時間が多い。それがどういうことなのか、わたしにはよくわからないけれど、友だちとして仲よくしているだけかもしれない。

とはいえ、わたしがトレーニングルームにいる時間はほとんど、アダムはアーリアの隣にすわって彼女のスケッチをただ眺め、ときどき質問している。

アーリアはいつも赤面している。

彼女を見ていると、昔の自分をよく思い出す。

わたしはアーリアが大好きだけれど、アダムといっしょにいるところを見ていると、ときどきこんなふうに思ってしまう。アダムが望んでいたのは、こういう女の子だったのだろうか。かわいくて、おとなしくて、やさしい女の子。アダムがこれまでの人生でなめてきた辛酸《しんさん》を、埋め合わせてくれる人。いつか、そんなことをいわれた記憶がある。彼はわたしのそういうところが好きといっていた——君はとても善良だ、とてもやさしい、この世界に残された唯一の善《よ》きものだ。

それが真実ではないことを、わたしは前からわかっていた気がする。

たぶん、彼もそのことに気づきはじめている。


「今日は母のところへ行かなければならない」

そのひと言で、わたしたちの朝は始まった。

ウォーナーはちょうどオフィスから出てきたところで、金色の髪はくしゃくしゃだ。

どこまでもグリーンの瞳《ひとみ》は、同時に透き通ってもいて、正確な描写を拒否する。しわくちゃのシャツのボタンも留めず、ベルトを通していないズボンはずり下がって腰に引っかかっている。すっかり動揺しているようすだ。ぐっすり眠れなかったのだろう。わたしは彼のこれまでの人生がどんなものだったのか知りたくてたまらないけれど、自分がそれを聞く立場にないことはわきまえている。それどころか、聞いたところで答えてくれないとわかっている。

わたしたちのあいだには、もうそこまでおたがいに立ち入れる親しさはない。ふたりのあいだでは、あらゆることが急速に動いて完全に停止した。いろんな考えや思いや感情が、そのまま凍りついてしまった。そしていま、わたしはおびえている。わたしが間違った行動を取れば、なにもかも壊れてしまう気がする。

でも、彼が恋しい。

彼は毎日わたしの前に立ち、わたしは彼とトレーニングをし、同僚のようにいっしょに働く。それだけでは、もう満足できない。気軽なおしゃべりや、彼の屈託《くったく》のない笑顔や、いつもわたしの目を見つめてくれた彼が恋しい。

恋しい。

彼と話したいのに、どう切り出せばいいのか、いつ話せばいいのか、なんていえばいいのかわからない。

臆病《おくびょう》者。

「どうして、今日……？」わたしはおずおずとたずねる。「なにかあったの？」

ウォーナーは長いことなにもいわず、ただ壁を見つめている。「今日は母の誕生日なんだ」

「まあ」わたしは胸を締めつけられる。

「外で練習したがっていたな」彼はまっすぐ前を見つめたままいう。「ケンジと。彼がおまえの姿を消しつづけると約束するなら、わたしが出かけるときにいっしょに連れていってもいい。規制外区域のどこかでおまえたちを下ろし、帰りにまた拾っていこう。それでいいか？」

「ええ」

彼はそれ以上なにもいわないけれど、目は落ち着きがなく、焦点が合っていない。壁をまるで窓のように見つめている。

「エアロン？」

「なんだ、ジュリエット」

「怖いの？」

彼は短く息を吸いこみ、ゆっくりと吐く。

「母の家になにが待ち受けているか、わからない」静かに答える。「母は会うたびに、ようすが違う。薬漬けで動くこともできないときもあれば、目を開けてただ天井を見つめているときもある。完全に理性を失って、わめきちらしているときもある」

わたしは胸が張り裂けそうになる。

「それでもお母さんを訪ねるのはいいことだと思うわ。あなたもそう思うでしょ？」

「そうか？」ウォーナーは奇妙で神経質な笑い声を上げる。「ときどき、わからなくなる」

「いいことよ」

「どうして、おまえにわかる？」彼はこちらを見る。答えを聞くのを恐れているかのように、こちらを見ている。

「だって、あなたが部屋にいてくれたってことが、たとえ一瞬でもお母さんにわかれば、あなたはお母さんに特別な贈り物をしたことになるもの。お母さんは、完全に正気を失っているわけじゃない。お母さんはわかっているわ。たとえいつもじゃなくても、わかっていることを表に出すことができなくても。お母さんには、あなたが来てくれたってちゃんとわかる。そしてそれは、お母さんにとって、すごく大切なことに違いない」

彼は震える息をつく。いまは天井を見つめている。「ずいぶんやさしい言葉だな」

「本心からいってるのよ」

「わかっている。おまえが心からそう思っているのはわかる」

わたしは少し長く彼を見て考える。お母さんのことを聞くのにふさわしいタイミングなんて、あるのだろうか？　けれど、ずっと聞きたかったことがひとつある。だから聞いてみる。

「その指輪はお母さんがくれたんでしょう？」

ウォーナーは固まる。ここからでも彼の心臓の鼓動《こどう》が聞こえる気がする。「ん？」

わたしは歩いていって、彼の左手を取る。「この指輪」と彼がいつも左の小指にはめている翡翠《ひすい》の指輪を指す。彼はけっして指輪をはずさない。シャワーのときも。眠るときも。どんなときでもはずさない。

彼はとてもゆっくりとうなずく。

「でも……この話はしたくないのよね」わたしは以前、彼に指輪についてたずねたときのことを思い出す。

わたしがきっかり十秒かぞえたとき、彼は話しだした。

「禁じられていたんだ」彼はとてもとても静かにいう。「プレゼントをもらうことを。相手がだれであっても。父はプレゼントというものをきらっていた。誕生日や祝日を憎んでいた。わたしに物を贈ることは、だれであっても、なんであっても、いっさい許さなかった。とくに母には厳しく禁じていた。プレゼントをあたえることはわたしを軟弱《なんじゃく》にすると、父はいっていた。プレゼントは他人の善意に頼る気持ちを助長するというのが、父の考えだった」

ウォーナーはつづける。「だがある日、わたしたちは身を隠した。母とわたしで隠れたんだ」視線を上げ、そらし、さまよわせる。わたしに話しかけているんじゃないみたい。「あれは六歳の誕生日で、母はわたしを隠そうとしていた。父がわたしになにをしようとしていたか知っていたからだ」ウォーナーはまばたきする。声は小さく、感情を殺した口調だ。「母の手が震えていたのを覚えている。なぜ覚えているかというと、ずっと母の手を見ていたからだ。わたしの手が母の胸に抱き寄せられていたからだ。母はこの指輪をつけていた」当時を思い出しているかのように、少しだまる。「わたしは生まれてからずっと、ほとんど宝石を見たことがなかった。その指輪がなにでできているのかも知らなかった。だが、わたしがじっと指輪を見ているのに気づいた母は、わたしの気をまぎらわせようと考えた。母はわたしをいつも楽しませたがる人だった」

　わたしは胃のあたりが落ち着かなくなってくる。

「それで、母は話をしてくれた。濃いグリーンの目をした男の子と、その色に魅了《みりょう》された、同じ色の石を求めて世界じゅうを旅する男の話だ」ウォーナーの声はだんだん小さくなって、聞きとるのが難しい。「母は、その男の子はわたしだといった。この指輪は話に出てきた石から作ったもので、旅をした男がいつかわたしに贈るようにと母にくれたのだといった。彼からのわたしへの誕生日プレゼントだといったんだ」言葉を切って、息を吸う。「それから母は指輪をはずし、わたしの人さし指にはめて、こういった。『心を隠していれば、いくらお父さんでもあなたから心は奪えない』」

　彼は壁を見る。

「それが、人からもらった唯一のプレゼントだ」

　わたしの涙は顔に流れず、鼻の奥を熱くこがして喉《のど》を落ちていく。


　一日じゅう、変な感じがつづいている。

なんとなく調子が出ない。ケンジは基地から出られるとわくわくしていて、新たな場所でわたしの力を試すことができると興奮している。ほかのみんなは、わたしたちの外出をうらやましがっている。わたしは喜ぶべきだと思う。わくわくするべきだと思う。

けれど、やっぱり変な感じ。

気持ちがおかしな場所へ飛んでいるみたい。たぶん、ウォーナーから聞いた話が頭から離れないからだと思う。昔の彼を想像するのをやめられない。幼い、おびえた子どもだった頃の彼を。

ウォーナーが今日どこへ行くのか、だれも知らない。その重みを、だれも知らない。彼も自分の本心はいっさい見せない。いつもどおり冷静で、自分の言葉と行動を慎《しん》重《ちょう》にコントロールしている。

ケンジとわたしはすぐ、またウォーナーに会うことになっている。

一面に銃が掛けられた壁にあるドアから出ると、ウォーナーがどうやってケンジたちをこっそり連れこんだかを、初めてこの目で見ることができた。わたしたちが横ぎっているのは、射撃練習場だ。

銃置き場があり、その百メートルほど先に的《まと》を備えた小さな射撃ブースがならんでいて、いまはどこにも人影がない。きっとここもウォーナー専用の練習場に違いない。

通路の突き当たりのドアを、ケンジが押し開ける。ケンジはもう、直接触れなくてもわたしの姿を消せる。すごく便利だ。彼から十五メートル以内にいれば、おたがい自由に動ける。今日のように外で活動するには、それくらいの融通《ゆうずう》が必要だ。

わたしたちはドアのむこうに出る。

そこは巨大な倉庫になっていた。

向こうまで少なくとも百五十メートル、高さはたぶんその二倍。こんなに大量の箱を見たのは、初めてだ。中身はいったいなんだろう？　でも、いま考えている暇はない。

ケンジに引っぱられて、迷路のなかを進んでいく。

電気コードや重い荷物を動かす機械につまずかないように注意しながら、いろんな大きさの箱をよけていく。箱の列はどこまでもつづき、各列がさらに多くの列に分かれ、あらゆるものがじつに整然と分類・保管されている。すべての通路、すべての棚《たな》にラベルが貼られているけれど、その文字を読めるほど近づくことはできなかった。

やっと倉庫の反対側にたどりつくと、高さ十五メートルの巨大な両開きのドアが現れた。出口だ。どうやらここは、トラックや戦車に荷物を積み下ろしする場所らしい。

ケンジはわたしの腕をつかんで引き寄せたまま、出口を警備する数人の兵士の前を通過する。積載ゾーンのまわりに停まったトラックのあいだを早足で通り抜けると、ようやくウォーナーと約束した待ち合わせ場所に着いた。

わたしが最初に基地に出入りしようとしたときも、ケンジがそばにいて姿を消してくれていたらよかったのに。人間らしく普通に歩いて出入りできたら、どんなに楽だっただろう。ワゴンに押しこめられ、その脚にしがみついて、がたがた揺られながら廊下を運ばれなくてもすんだのに。

ウォーナーは戦車にもたれて立っていた。

両側のドアを開けたまま、積載作業を監督しているかのように周囲に目を光らせ、通りかかる兵士たちにうなずいたりしている。

わたしたちはだれにも気づかれずに戦車に乗りこむ。

小声でウォーナーに来たことを知らせようとしたとき、ウォーナーが助手席側に歩いてきて「脚に気をつけろ、ジュリエット」とドアを閉めた。

それからウォーナーは運転席に乗りこんで、運転を始めた。

わたしとケンジは、まだ姿を消したままだ。

「おれたちが乗りこんだのが、どうしてわかったんだ?」ケンジはすぐさま質問する。

「姿を消してる人間が見えるのか？　そんな能力もあるのか？」

「いや」ウォーナーは前を向いたまま答える。「気配を察知できるんだ。とくに彼女の」

「マジか？　気味わりいな。おれの気配はどんな感じだ？　ピーナッツバターみたいな感じか？」

ウォーナーは笑わない。

ケンジは咳《せき》払いをする。「ええと、ジュリエット、あんたと席を変わったほうがよさそうだ」

「どうして？」

「あんたの彼氏がおれの脚にさわってる気がする」

「うぬぼれるな」とウォーナー。

「変わってくれよ、ジュリエット。こいつの隣にいると鳥肌が立つ。ナイフで刺されそうな気がして、物騒《ぶっそう》でいけねえ」

「わかったわ」わたしはため息をつく。ケンジの向こう側へ移動しようとすると、これが難しい。なにしろ、自分の体もケンジの体も見えないのだ。

「うわっ――気をつけろよ――もう少しでおれの顔を蹴《け》るところだったぞ――」

「ごめんなさい！」わたしはケンジのひざの上を乗り越えようと試みる。

「よし、行け。うっ、いったい何キロあるんだ――」

ケンジはわたしの下から逃れようといきなり動き、わたしを軽く押しやった。

わたしは顔からウォーナーのひざにぶつかる。

ウォーナーがはっと息をのむのが聞こえた。わたしはあわてて起き上がり、真っ赤になる。こんなところを見られなくて、本当によかった。

ケンジの鼻を殴りたい気分だ。

それからは、だれもあまりしゃべらなかった。


規制外区域に近づくにつれて、景色がだんだん変わっていく。看板のない、簡素な半舗装の道は消え、古い世界の街路が現れる。かつてはきれいに塗装されていた家がならび、道路ぞいには子どもたちが安全に学校に通っていた歩道がある。いまは、どの家もくずれかけている。

なにもかもが壊れ、荒れ果てている。窓は板でふさがれている。芝生は伸び放題で、氷におおわれている。冬の厳しさが、この景色に影を落としている。もしかしたら、ほかの季節はまったく違って見えるのかもしれない。

ウォーナーが戦車を止める。

運転席から下り、助手席へ歩いてくる。こんなところにもまだだれかがいたときのための用心だ。ウォーナーはちゃんと目的があるかのように、助手席のドアを開ける。なかを確認し、問題がないか調べるように。

問題なし。

最初にケンジが飛び出す。ウォーナーには、彼が出ていったのがわかるようだった。わたしはウォーナーの手に手を伸ばす。彼にはわたしが見えないのだ。すぐに手を握り返される。彼の目は床を見ている。

「きっとだいじょうぶよ。ね？」

「ああ、だいじょうぶだ」

わたしはためらう。「すぐ戻ってくるんでしょ？」

「ああ」彼は小声で答える。「きっかり二時間後に迎えに来る。時間は充分だな？」

「ええ」

「よし。それでは、またここで。ちょうどこの地点で会おう」

「わかった」

ウォーナーはしばらくだまっていたけれど、やがて口を開いた。「よし」

わたしは彼の手を握りしめる。

彼は地面に向かってほほえむ。

わたしが立ち上がると、彼は横に移動して道を空ける。わたしは通りすぎるときに、軽く彼に触れる。ちょっとした合図だ。ここで待っているから、という合図。

彼はびくっと驚き、後ずさる。

それから戦車に乗りこみ、去っていった。


ウォーナーの到着が遅れている。

ケンジとわたしのトレーニングは、いまひとつだった。おたがい、どこに立ってどっちを向いているかで、言い合いばかりしていた。次回は、もっとわかりやすい合図を考えておこう。姿の見えないふたりがトレーニングするには、想像以上に難しい調整が必要だ。いろいろと苦労が多い。

けっきょく、わたしたちはたいした成果を上げられず、疲れて少しがっかりした気分で、来たときに戦車から下りた場所に立っている。

なのに、ウォーナーが来ない。

異常事態だ。そう判断する理由はたくさんある。第一に、ウォーナーはぜったい遅刻しない。なにがあっても遅刻しない。第二に、もし彼が遅刻することがあるとしても、この状況ではありえない。この状況でのんびりするのは、危険すぎる。彼が軽く考えているはずはない。わたしにはわかる。

だから、わたしは落ち着かずにうろうろ歩き回っている。

「だいじょうぶだって」ケンジがいう。「なんだか知らねえが、仕事から抜けられないだけだろう。ほら、司令官したり、司令官したりしてんじゃねえの」

「〝司令官する〟なんて言葉はないわ」

「けど、通じたろ？　おれにはれっきとした言葉に聞こえるね」

いまのわたしには、冗談をいっている余裕はない。

ケンジはため息をつく。寒さで足踏みしている音が聞こえる。「すぐ来るって」

「なんだかおかしい気がするの、ケンジ」

「同感だ」とケンジ。「腹が減って死にそうだ」

「ウォーナーが遅刻するわけないもの。時間に遅れるなんて、彼らしくない」

「どうして、わかる？」ケンジは切り返す。「あいつと知り合って、どれくらいだ？

五ヵ月か？　その程度の付き合いで、あいつをよく知ってると思ってんのか？　ひょっとしたら、あいつは秘密のジャズクラブにいて、ア・カペラで歌って、きらきら光るベストを着て、フレンチカンカンを踊るのがかっこいいと思っているかもしれねえぞ」

「ウォーナーはきらきらのベストなんて着ないわよ」

「けど、フレンチカンカンは知ってると思うのか？」

「ケンジ、あなたのことは好きよ。大好きだけれど、わたしはいま、すごく不安で、すごく気分が悪いの。あなたがしゃべればしゃべるほど、殺したくなる」

「おれの気を引くようなことというなよ、ジュリエット」

わたしはいらいらしてくる。それに、心配でたまらない。「いま、何時？」

「二時四十五分」

「やっぱりおかしい。ウォーナーを探しに行くべきよ」

「どこにいるかも知らねえのに？」

「知ってるわ。わたしは彼の居場所を知ってる」

「なに？　どうして？」

「初めてアンダースンに会いに行った場所、覚えてる？　ねえ、シカモア通りへの行き方、わかる？」

「ああ……」ケンジはゆっくり答える。「けど、なんで？」

「彼はそこから二本離れた通りにいるから」

「へえ。どういうこった？　なんで、そんなところにいるんだよ？」

「いっしょに来てくれる？」わたしは不安な声でたずねる。「お願い。いますぐ」

「わかったよ」ケンジは納得のいかない口調だ。「けど、おれが行くのは、単なる好奇心からだ。それに、ここはむちゃくちゃ寒くて、脚を動かさねえと凍死しちまうからだ」

「ありがとう。で、ケンジはどこにいるの？」

わたしたちはおたがいの声をたよりに進み、やがてぶつかった。ケンジがわたしの腕に自分の腕を滑りこませる。わたしたちは寒さに身を寄せ合った。

ケンジが道案内する。


ここだ。

緑がかった明るい青色の家。わたしが目を覚ましたことのある家。ウォーナーが住んでいた家。彼のお母さんが収容されている家。その前に、わたしたちは立っている。家のようすは、わたしが前に二回来たときと変わらない。美しくて、ぞっとする。ウィンドベルが風に揺れている。

「いったいなんで、ウォーナーはこんなところにいるんだ？」ケンジが聞く。「ここはなんなんだ？」

「それはどうしてもいえないの」

「なんでだよ？」

「わたしが勝手にしゃべっていい秘密じゃないから」

ケンジは一瞬、口をつぐむ。「で、おれはなにすりゃいいんだ？」

「ここで待っててくれる？」わたしはお願いする。「なかに入っても、わたしの姿は見えないままだと思う？　それとも、ケンジの力が及ぶ範囲から出てしまう？」

ケンジはため息をつく。「わからん。やってみるしかねえな。家の外からなかへの投射は、まだ試したことがねえ」そこでためらう。「けど、おれなしで行くんなら、頼むからむちゃくちゃ急いでくれよな。こっちはすでに、寒くてケツが凍りつきそうなんだ」

「わかったわ。約束する。全速力で行ってくる。彼がだいじょうぶか――あるいは、この家にいるのか――確認したいだけだから。もしここにいなかったら、彼は待ち合わせ場所で待っているかもしれないし」

「だとしたら、ここまで来たのは、大いなる時間の無駄ってことになるな」

「ごめんなさい。ほんとにごめんなさい。どうしても確かめたくて」

「行け。さっさと行って戻ってこい」

「ええ」わたしは小声でいう。「ありがとう」

　ケンジから離れ、小さな玄関ポーチの階段をのぼる。ドアハンドルを確かめる。鍵はかかっていない。わたしはドアハンドルを回し、ドアを押し開ける。なかに入る。

　ここは、わたしが撃たれた場所。

　わたしが床に倒れて血を流したときの染みは、もうきれいに掃除されている。あるいは、カーペットを取り替えたのかも。わたしにはわからない。どっちにしろ、あのときの思い出にかこまれていることに変わりはない。この家に入ると、気分が悪くなる。ここではなにもかもが間違っている。なにもかもがひどくおかしい。まともじゃない。

　なにかあったんだ。

わたしにはわかる。

玄関から入ってドアをそっと閉める。足音を忍ばせて階段をのぼる。最初に捕まってここに連れてこられたとき、どこを踏むと床板がきしんだかを思い出す。いちばんきしむところは、よけることができた。残りは、ありがたいことに、風の音のように聞こえる程度ですんだ。

二階に到着。ドアが三つある。三つの部屋。

左のドアは、ウォーナーが子どもの頃に使っていた部屋。わたしが目を覚ました場所だ。

真ん中は、バスルーム。わたしが入浴した場所だ。

いちばん右の奥のドアは、ウォーナーのお母さんの部屋。目的の部屋だ。

胸がどきどきしてくる。

ほとんど息もつけずに、忍び足でドアへ近づく。そこになにがあるのかはわからない。自分がなにを期待してここに来たのかもわからない。わたしにはなにもわからない、ウォーナーがまだここにいるのかどうかさえも。

それに、彼のお母さんに会うのがどういうことかもわからない。

けれど、なにかがわたしを前へ引っぱり、ドアを開けて確かめなさいと駆り立てる。

わたしは知る必要がある。知らなきゃならない。そうしないかぎり、わたしの心は休まらない。

じりじりと前へ進む。何度か深呼吸する。ドアノブをつかんで、ゆっくりと回す。敷居《しきい》をまたぐ自分の足を目にして、初めて姿が見えていることに気づく。

たちまちパニックに陥《おちい》り、脳をフル回転させて緊急作戦を考える。すぐ引き返して外へ飛び出そうかと思ったときには、目がすでに部屋のなかをチェックしていた。

そして、もう引き返せないことを知った。

一台のベッドがある。

シングルベッドだ。いろんな機械や点滴や瓶《びん》や新品の尿瓶《しびん》にかこまれている。積み重ねられたシーツに、毛布の山、美しい本箱に刺繍《ししゅう》入りの枕、かわいらしい動物の縫いぐるみがあちこちに散らばっている。花を活《い》けた花瓶が五つに、明るい色彩の壁が四つ、部屋の隅《すみ》には小さな机とおそろいの小さな椅子《いす》、鉢植えがひとつ、古びた絵筆がひと揃《そろ》い。それと、額に入った写真がそこらじゅうにある。壁にも、机にも、べッド脇のテーブルにも。

金髪の女性の写真。金髪の小さい男の子の写真。ふたりいっしょの写真。

ふたりが年を取らないことに、わたしは気づく。額縁《がくぶち》に収められた男の子は全部幼く、行かない。男の子はまったく成長していない。どの写真も一定の年齢より上には
いつも驚いていて、どれも隣の女性の手をしっかり握っている。

けれど、その女性はここにはいない。看護師もいない。

機械類はスイッチが切ってある。

明かりは消えている。

ベッドは空っぽ。

部屋の隅《すみ》に、ウォーナーが倒れていた。

体を丸めて脚を抱え、ひざを胸に引き寄せて顔をうずめている。震えている。

細かい震えが、体全体を揺らしている。

子どもみたいなウォーナーなんて、いままで見たことがない。一度もない。彼と知り合ってから、ただの一度もない。けれど、いまの彼は、幼い子どものように見える。

傷つきやすい、ひとりぼっちの子どもだ。

その理由に気づくのに、それほど時間はかからなかった。

わたしは彼の前にひざをつく。彼はこちらの気配を感じ取っているはずだけれど、こんなときにわたしと顔を合わせたいかどうかはわからない。手を伸ばしたら、どんな反応をするかもわからない。

それでも、やってみなきゃ。

彼の両腕にやさしくそっと触れる。彼の背中や肩をなでる。そして思いきって抱きついてみると、やがて彼は丸めていた体をわたしの前でゆっくりと伸ばしはじめた。頭を起こす。

彼は目を泣きはらしていた。はっとするほど印象的なグリーンの瞳《ひとみ》が、隠しきれない感情で光っている。彼の顔は、大きな苦痛そのものだ。

わたしはほとんど息もできない。

そのとき、わたしの心が地震に直撃され、真ん中に地割れが走った。そうだ、彼の心のなかには、ひとりの人間が抱えきれない感情が渦巻いている。

わたしが引き寄せようとすると、彼はわたしの腰に両手を回し、わたしのひざの上に顔をうずめた。わたしはとっさにかがみこみ、盾《たて》となって彼の体を守ろうとする。

彼の額に頬《ほお》を押しつける。彼のこめかみにキスをする。

そのとき、彼は壊れた。

激しく震え、わたしの腕のなかで砕けていく。あえぎ、むせびながらばらばらになる百万のかけらを、わたしは懸命にかき集める。そしてその瞬間、自分自身に誓う。彼をいつまでも、ただこうして抱きしめてあげよう。すべての痛みと苦しみと苦悩が消えるまで、彼がもう二度とここまで深く傷つくことのない人生を送れるようになるまで。

わたしとウォーナーは、一組の引用符。ひとつは上を向き、もうひとつは下を向いて、人生という文の両端でたがいにしがみついている。自分たちが選んだわけではない人生に、閉じこめられている。

いまこそ、自由になるときだ。

わたしたちが戻ると、ケンジは戦車のなかで待っていた。なんとか見つけてきたらしい。

ケンジは助手席にすわり、姿を消す能力をオフにしている。わたしとウォーナーが乗りこんでも、ひと言もしゃべらない。

わたしはケンジと目を合わせようとする。ウォーナーを家から連れ出すのに一時間もかかってしまった理由を、めちゃくちゃな話を始めようとする。ケンジがこちらを見た。まじまじと見た。

そして、わたしは永久に口を閉じる。

ウォーナーはだまりこんだままだ。呼吸の音さえほとんどしない。やがて基地に戻ってくると、彼はわたしとケンジに姿を消させて戦車から下ろした。それでもまだなにもいわない。わたしにも話しかけてくれない。わたしとケンジが戦車から下りると、ドアを閉めて運転席へ戻っていく。

戦車で去っていくウォーナーを見送っていると、ケンジが自分の腕をわたしの腕に滑りこませた。

わたしたちは巨大な倉庫を問題なく通り抜け、射撃場も問題なく横ぎっていく。ところがウォーナー専用のトレーニングルームの入り口に着く前に、ケンジがわたしを脇に呼び寄せた。

「おれも、あとから入ってったんだ」前置きもなく、唐突《とうとつ》にいう。「いつまでたっても戻らねえから心配になってよ、あの家に入って二階へ上がった」そこで言葉を切る。重苦しい間《ま》が空く。「あんたたちを見た」とても静かにいう。「あの部屋で」

自分の顔が見えなくてよかったと思うのは、今日何度目だろう。「そう」わたしはつぶやく。ほかになんていえばいいのか、わからない。ケンジの思惑がわからない。

「おれはただ――」ケンジは大きく息を吸いこむ。「ただ混乱してるだけだ、わかるか？　べつに、なにもかもくわしく知りたいわけじゃねえ――あそこでの出来事は、おれには関係のねえことだってことは、わかってる――けど、あんたはだいじょうぶなのか？　なにかあったんじゃねえのか？」

わたしは息を吐く。目を閉じて答える。「今日、ウォーナーのお母さんが亡くなったの」

「なんだって？」ケンジは驚いて聞き返す。「なに――てか、どうして？　あそこにやつの母親がいたってのか？」

「長いあいだ、病気だったの」わたしの口から、言葉がほとばしる。「アンダースンが彼女をあの家に閉じこめて、見捨てたのよ。死ぬまで放っておいたの。ウォーナーはずっとお母さんを助けようとしていたけれど、どうすればいいかわからなかった。彼女にはだれもさわれなかったの。わたしがだれにもさわれないのと同じ。だれにも触れることのできないつらさに、彼女は毎日むしばまれていた」わたしはもう感情を抑えられない。これ以上、自分のなかにとどめておけない。「ウォーナーは、わたしを武器として使いたがっていたんじゃない。父親を納得させようとして、そんな言い訳を考えただけ。ウォーナーがたまたまわたしを見つけたのは、彼がずっと解決策を探していたからだったの。お母さんを救う方法を探していたからだったのよ。何年も前からずっと」

　ケンジは短く息を吸いこむ。「おれはなんにも知らなかった。母親を大事にしていたことすら、知らなかった」

「ケンジは彼のことをぜんぜんわかってない」どんなに必死に聞こえるかも気にせずに、わたしはいう。「自分ではわかっていると思っているけど、わかってない」心がひりひりする。ひどく擦《す》りむいたみたいに、痛くてたまらない。

　ケンジはだまっている。

「行きましょう。ちょっと休んで、考えたい」

「そうだな」ケンジは息を吐く。「うん、確かに。当然だ」

　わたしは行こうと背を向ける。

「ジュリエット」ケンジの声に立ち止まる。彼の手はまだわたしの腕をつかんでいる。

　わたしは待つ。

「悪かった。ほんと、悪かった。おれはなんにもわかっちゃいなかった」

目が熱くなってきて、わたしはすばやくまばたきする。喉《のど》につかえる感情をぐっとのみこむ。「いいのよ、ケンジ。知らなかったんだもの、当然だわ」

やっと、どうにかトレーニングルームに戻れるくらい落ち着いてきた。もう遅いけれど、今夜はウォーナーがここに下りてくることはないだろう。いまはひとりでいたいはずだ。

わたしは放っておく。

いろいろありすぎた。

以前、もう少しでアンダースンを殺すところまでいった。そのチャンスを、また必ずつかんでみせる。今度は、最後までやり遂げる。

前回は、覚悟ができていなかった。たとえ、あのとき彼を殺していたとしても、わたしはどうしていいかわからなかっただろう。その後のことはキャッスルに任せて、他人が世界を修復しようとしてくれるのを、おとなしく眺めていただろう。けれどいまのわたしには、キャッスルがその仕事に向いていないことがわかっている。彼はやさしすぎる。みんなの気持ちにこだわりすぎている。

その点、わたしには、よけいなしがらみがない。

わたしは言い訳しない。後悔《こうかい》しない。大地に手を突っこんで、悪いものを引きずり出し、素手でひねりつぶしてやる。アンダースンにわたしを恐れさせてやる。彼に命乞《ご》いをさせ、きっぱりと断ってやりたい。あなただけは許さない、と。

それが愉快なことではないとしても、かまわない。


わたしは立ち上がる。

アダムは部屋の反対側で、ウィンストンとイアンを相手に話をしている。わたしが近づくと、三人ともだまりこんだ。アダムはわたしに対してなにか思ったり感じたりしているとしても、表には出さない。

「彼に話すべきよ」わたしはいう。

「なにを？」アダムは驚く。

「真実を話すべきだわ。あなたがいわないなら、わたしがいう」

とつぜんアダムの目が凍《い》てついた海になり、彼は冷たく心を閉ざす。「せっつくのはやめてくれ、ジュリエット。バカなことをいうな。後悔するぞ」

「彼に真実を隠しておく権利は、あなたにはない。彼はこの世界でひとりぼっちなのよ、知る権利があるわ」

「君には関係ないだろ」アダムはわたしの前にそびえ、両の拳《こぶし》を握りしめている。「口をはさむな。おれのしたくないことをさせようとするのはやめろ」

「わたしを脅《おど》してるの？　どうかしてるわ」

「どうやら君は、おれがこの部屋で唯一、君の力をオフにできる人間だってことを忘れているようだな。だが、おれは忘れちゃいない。君におれを傷つける力はない」

「あるに決まってるでしょ」わたしはいい返す。「ふたりきりでいたとき、わたしとの接触に脅《おびや》かされていたじゃない――」

「ああ、だが、その頃とは状況が変わった」アダムはわたしの手をつかんで、乱暴に引っぱる。わたしは前に転びそうになり、彼の手をふりほどこうとしたけれど、できない。

強すぎる。

「アダム、放して――」

「感じるか？」彼がたずねる。その瞳《ひとみ》は、大嵐を思わせるブルーだ。

「なにを？　なにを感じるっていうの？」

「そうだろうな。なにもないんだから。君は空っぽだ。特殊な力も、熱気も、怪力もない。自分の身を守るために相手を殴ることすらできない、ただの女の子だ。おれはなんともない。なんのダメージも受けていない」

わたしは息をのみ、彼の冷たい目を見つめる。「じゃあ、ついにできるようになったのね？　自分の力をコントロールできるようになったのね？」

「当然だ」アダムは腹立たしそうにいう。「君はそれまで待てなかった――おれはかならずできるようになるといったのに――君と別れずにいるためにトレーニングしているといったのに、君は待てなかった――」

「そのことは、もう関係ない」わたしは彼につかまれた自分の手を見つめる。彼は放そうとしない。「遅かれ早かれ、同じことになっていたわ」

「そんなことはない――これが証拠だ！」アダムはつかんだわたしの手を上げる。

「おれたちはうまくやっていけるはずだった――」

「わたしたちはもう、すっかり変わってしまったのよ。おたがい、求めているものが違う。それにこれだって」わたしは、彼につかまれた手をあごで指す。「これが証明しているのは、あなたはわたしをうんざりさせるのがうまいってことだけよ」

アダムの口元が強ばる。

「いいかげんに、わたしの手を放して」

「よう——今夜はバカげた騒ぎは遠慮してもらえねえか？」部屋の向こうから、ケンジの大声が飛んできた。ケンジはこっちへ歩いてくる。うんざりって顔をしている。

「ほっといてくれ」アダムが怒鳴り返す。

「マナーってものを知らねえのか？　この部屋には、ほかにも生活している人間がいるんだぞ」ケンジは近くに来ると、アダムの腕をつかんだ。「だから、喧嘩《けんか》はやめろ」

アダムはむっとしてケンジの腕をふりほどく。「おれにさわるな」

ケンジはアダムをにらむ。「彼女を放してやれ」

「おまえになにがわかる？」アダムは怒りに我を失っている。「ずいぶんと彼女にご執心だな——いつも飛びこんできて彼女をかばうし、いつもおれたちの会話に首を突っこんでくる——そんなに彼女が好きか？　いいよ。ほしけりゃ譲ってやる」

三人のまわりで、時間が止まる。

舞台は整った。

アダムは血走った目をして、激しい怒りに顔を真っ赤にしている。

その横でケンジは苛立ち、少しとまどっている。

そしてわたしは、アダムの手に万力《まんりき》のような力でがっしりつかまれている。彼に触れられるだけで、わたしはあっというまに、いともたやすく、初めて彼と出会った頃の弱い自分に戻ってしまう。

わたしは完全に無力だ。

ところがそのとき、一瞬ですべてが変わった。

アダムがケンジの手をつかみ、わたしの空いているほうの手に押しつけたのだ。

力が作用するのにじゅうぶんな時間、押しつけた。

二秒ほどで、わたしとケンジはなにが起こったのかに気づき、ケンジはすばやく手を引っこめ、ごく自然にその手でアダムの顔を殴った。

室内のだれもが立ち上がり、ぎょっとしてこちらを見ている。キャッスルはすぐこちらへ走りだす。すでに近くにいたイアンとウィンストンも、急いでキャッスルに合流する。ブレンダンはタオル一枚でロッカールームから飛び出してきて、騒ぎの元を探して目を走らせる。リリーとアーリアはエクササイズバイクから飛び下り、こちらへ駆けつける。

夜ふけで幸いだった。ジェイムズはすでに部屋の隅《すみ》で静かに眠っている。

アダムはケンジのパンチに吹っ飛ばされたものの、すぐに体勢を立て直していた。荒い息をしながら、出血した唇《くちびる》を手の甲でぬぐう。謝ろうとはしない。

恐怖にぽかんと開いたわたしの口からは、なんの音も出ない。

「いったい、どうしたってんだ?」ケンジの声は穏やかだけれど、口調は切るように鋭く、右手は握りしめたままだ。「おれを殺そうとしたのか?」

アダムはあきれた顔をする。「あれくらいで死ぬわけないだろ。そんなにすぐには死ねない。おれも経験したことがある。少し火傷《やけど》するだけだ」

「頭を冷やせ、バカ野郎。おまえのやっていることはめちゃくちゃだぞ」

アダムはなにもいわない。それどころか笑って、ケンジに中指を立ててみせると、ロッカールームのほうへ歩いていった。

「ねえ――だいじょうぶ?」わたしはケンジの手を見ようとする。

「ああ、どうってことねえよ」ケンジはため息をつき、遠ざかっていくアダムをちらりと見て、わたしに目を戻す。「けど、あいつのあご、むちゃくちゃかてえな」手を軽く曲げたり伸ばしたりしている。

「でも、わたしの手に触れたのに——だいじょうぶだったの？」

ケンジはうなずく。「ああ、なんにも感じなかった。感じたら、ちゃんとわかる」ほとんど笑いかけて、顔をしかめる。わたしは以前起きた同じことを思い出して、怖くなる。「ケントはあんたの力をオフにしていたんじゃねえか」

「ううん、そんなことしていなかった」わたしは小声でいう。「彼はわたしのもう一方の手を放していた。エネルギーがわたしのなかに戻ってくるのを感じたわ」

わたしもケンジも、遠ざかっていくアダムの後ろ姿を見つめる。

ケンジは肩をすくめた。

「でも、じゃあ、なんで——」

「わかんねえ」ケンジはまたいい、ため息をつく。「まあ、ついてたってことかな。それより、聞いてくれ」ケンジは集まったひとりひとりの顔を見回す。「いまは話したくねえ。いいか？　おれはどっかですわって考えたい。冷静になる必要がある」

みんなはゆっくり解散し、それぞれの場所へ戻っていく。

けれど、わたしはどこへも行けない。その場から動けない。

自分の肌がケンジの肌に触れるのを感じた。それは無視できない。そういう瞬間は、わたしには滅多にない。どうでもいいことみたいに、ただふり払うなんてできない。肌が触れるほど他人に近づけば、相手はかならずひどい被害を受ける。あのとき、わたしは自分のなかに力を感じた。ケンジもなにか感じたはずだ。

わたしの頭脳がすばやく回転し、解けるはずのない方程式を解こうとする。やがて、わたしのなかでありえない仮説が根を張り、思いもしなかった形を取っていく。

自分の力をコントロールし、抑制し、集中させる訓練をしているあいだずっと――この能力をオフにできるなんて、考えたこともなかった。なぜ考えなかったのかも、わからない。

アダムも似たような問題を抱えていた。彼も生まれてからずっと、〝エレクトリクム状態〟だった。けれどいまでは、コントロールする方法を身につけた。必要なら、力をオフにできる。

わたしにも同じことができるのかもしれない。

ケンジはいつでも姿を見せたり消したりできる――そうなるまでには、長いトレーニングと、見える状態と見えない状態をどう切り替えるか理解することが必要だった。彼から聞いた幼い頃の話を覚えている。彼は姿を消したものの、どうしたら元に戻れるかわからず、二日間透明人間のままでいたという。それでも、最終的には自由に力を使えるようになった。

キャッスル、ブレンダン、ウィンストン、リリー、この四人も全員、自分の力をオンにしたりオフにしたりできる。キャッスルは念力でうっかり物を動かしてしまうことなんてない。ブレンダンは触れるものすべてを感電させたりしない。ウィンストンは自分の意思で自由自在に手脚を伸び縮みさせられるし、リリーは見るものすべてを写真を撮るように記憶したりせず、普通に周囲を見ることができる。

なぜ、わたしだけが能力をオフにできないの？

わたしは愕然《がくぜん》としながら、可能性を分析する。だんだんわかってきた。わたしは自分の力をオフにしようとしたことすらなかった。ずっと、できないと思いこんでいたから。自分はこういう人生を送る運命なんだと決めつけていた。この手は――この肌は――いつまでもずっと、わたしを他人から遠ざけつづけると思いこんでいた。

けれど、いまは？

「ケンジ！」わたしは声を張り上げ、ケンジのところへ走る。

ケンジは肩ごしにちらりとふり向く。彼が完全にこちらを向く前に、わたしは体当たりして彼の両手をつかみ、ぎゅっと握る。

「ふりほどかないで」たちまち目に涙があふれてくる。「ふりほどかないで。もうその必要はないの」

ケンジは凍りつき、顔に衝撃《しょうげき》と驚きの表情を浮かべている。わたしたちの手を見て、わたしに目を戻す。

「コントロールできるようになったのか？」

わたしは言葉が出ない。なんとかうなずくと、涙が頬《ほお》にこぼれる。「ずっとこうすることができたのに、気づいていなかっただけだと思う。だれかを危険にさらして練習するわけにはいかなかったし」

「やるな、プリンセス」ケンジの声はやさしく、目は輝いている。「偉いぞ」

いつのまにか、みんなにかこまれていた。

キャッスルがわたしを引き寄せ、力強く抱きしめる。ブレンダン、ウィンストン、リリー、イアン、アーリアが、キャッスルの上から飛びついてきて、いっせいにわたしを押しつぶす。みんなは歓声を上げ、手を叩き、わたしの手を握る。わたしは仲間にこれほどの支持と頼もしさを感じたことはなかった。いままでの人生で、これほどすばらしい瞬間に出会ったことはない。

お祝い騒ぎが鎮《しず》まり、おやすみの挨拶《あいさつ》が交わされはじめると、わたしはケンジを脇へ引っぱっていき、最後にもう一度ぎゅっと抱きしめた。

「そういうわけで、わたしはもうだれでも好きな人に触れられるのよ」

「ああ、そうだな」ケンジは笑って、片方の眉《まゆ》をぴくりと動かす。

「それがどういうことか、わかる？」

「おれを誘ってんのか？」

「ねえ、どういうことかわかるでしょ？」

「そいつは正直うれしいが、やっぱ、おれたちは友だちのままでいたほうが――」

「ケンジってば」

彼はにやりとして、わたしの髪をくしゃくしゃにする。「いいや。わかんねえ。どういうことだ？」

「果てしなくたくさんの意味があるわ」わたしはつま先立って、彼の目を見る。「けれど、こんな意味もある。わたしはもう、好きな相手と付き合える。自分の望む人といっしょになる。選択権はわたしにあるのよ」

ケンジは長いあいだ、ただわたしを見つめる。ほほえむ。最後に目を落として、うなずいた。

「自分のするべきことをしに行ってきな、ジュリエット」

エレベーターを出てウォーナーのオフィスに入ると、すべての明かりが消えていた。なにもかもが闇に浮かんでいて、わたしは何度かまばたきして暗さに目を慣らす。室内を慎重《しんちょう》に進みながら、部屋の主の形跡を探す。なにもない。

寝室に入っていく。

ウォーナーはマットレスの端にすわっていた。コートは床に放ったままで、ブーツは脇に脱ぎ捨ててある。彼はだまってすわり、ひざに両手をのせて、見つからないなにかを探しているかのように、じっと手のひらを見つめている。

「エアロン?」わたしは小声で呼びかけながら、前へ進む。

彼が顔を上げる。わたしを見る。

そのとき、わたしのなかでなにかが砕けた。

背骨のひとつひとつが、関節のひとつひとつが、左右の膝頭《ひざがしら》と腰骨が。わたしは床にできた骨の山。それを知っているのは自分だけ。わたしは、壊れた骸骨《がいこつ》に拍動《はくどう》する心臓がくっついただけのもの。

息を吐いて、と自分にいう。

息を吐きなさい。

「本当に、残念だったわね」それが、わたしのささやいた最初の言葉。

彼はうなずく。立ち上がる。

「ありがとう」だれにともなくいい、彼はドアから出ていく。

わたしは彼を追って寝室を横ぎり、オフィスに入っていく。彼の名前を呼ぶ。

ウォーナーは会議用テーブルの前で足を止める。こちらに背中を向けたまま、両手でテーブルの端をつかんでいる。「頼む、ジュリエット、今夜は遠慮してくれ、とても――」

「あなたのいうとおりだったわ」わたしはついにいってしまう。「あなたはずっと正しかった」

彼はゆっくりとふり向く。

わたしは彼の目をのぞきこみ、急に立ちすくんでしまう。急に臆病《おくびょう》になり、急に不安になり、急にまずいことになると確信する。けれど、どうしたってまずい展開になると思う。これ以上、彼に秘密にしておくことなんてできない。伝えなきゃならないことが、たくさんある。臆病なわたしには、自分にすら認められないほどたくさんのことが。

「なんのことだ？」彼のグリーンの瞳《ひとみ》が見開かれる。おびえている。

わたしは口に手をあてる。まだ話すのが怖い。

思えば、この唇《くちびる》はいろんなことに使われる。

味わったり、触れたり、キスしたり、彼の肌のやわらかい部分に押しつけたこともあるし、約束したり、嘘をついたりしたこともある。この二枚の唇《くちびる》と、それが作る言葉と形と音で、いろんな人たちと関わってきた。けれどいま、この唇《くちびる》は彼にわたしの心を読んでほしいと願っている。真実を、こんなことを、この思いを、わたしが口に出していわなきゃいけないなんて。

「わたしはあなたをほしいと思ってる」声が震えてしまう。「その気持ちが強すぎて、怖いくらい」

彼の喉《のど》が動き、じっとしていようと努力しているのがわかる。彼の目はおびえている。

「わたし、嘘をついていたの」言葉がつっかえながら、わたしの口から転がりでる。「あの夜。あなたといっしょにいたくないっていったでしょ。嘘をついたの。あなたのいうとおりだったから。わたしは臆病者だった。本当の気持ちを、自分でも認めたくなかった。それに、あなたに好意を持っていることや、ずっとあなたとすごしたがっている気持ちが、とても後ろめたかった。だって、なにもかもめちゃくちゃになっていたから。アダムのことで混乱していたし、自分は何者か悩んでいて、自分のしていることさえわかっていなかった。わたしがバカだった。わたしがバカで、他人の気持ちを思いやれなかったのに、それをあなたのせいにして、あなたを傷つけた。ひどく傷つけてしまった」わたしは息をしようとする。「ごめんなさい、本当にごめんなさい」

「なにを――」ウォーナーはしきりにまばたきをしている。声は弱々しく、震えている。「なにをいっている？」

「あなたを愛してる」わたしは小さい声でいう。「ありのままのあなたを、愛してる」

ウォーナーは目と耳が同時に不自由になってしまったかのように、わたしを見つめている。「いや」ひどくかすれた声で、ひと言つぶやく。なんとか聞こえるくらいのかすかな声で。首をふり、わたしから目をそらし、手で髪をつかんで、体をテーブルのほうへ向けたまま。「いや。そんなはずはない――」

「エアロン――」

「ありえない」彼は後ずさる。「おまえは自分がなにをいっているか、わかっていない――」

「愛してる」わたしはくり返す。「わたしはあなたを愛してる。あなたがほしい。あのときも、あなたをほしいと思ってた。心からあなたを求めていた。いまもそうよ、いまもあなたを求めてる――」

止まる。

時間が止まる。

世界が止まる。

その瞬間、すべてが止まる。彼が部屋を横ぎってきて、わたしを抱き寄せ、壁に押しつける。わたしはくらくらして、息もつけない。でも、生きているという実感がする。わたし生きてる、これが生きてるってことなんだ。

彼がわたしにキスをしている。

強く、激しく。わたしの腰に両手を回し、荒い呼吸をしながらわたしを抱き上げる。わたしは彼の腕のなかで、両脚を彼の腰に巻きつける。彼のキスがわたしの首に、喉《のど》に降ってきて、わたしは会議用テーブルの端に下ろされる。

彼は片手をわたしの首の下に、もう片方の手をわたしのシャツのなかに入れて背中をなでている。と思ったら、いきなりわたしの脚のあいだに自分の太ももを割りこませる。彼の手がわたしのひざの裏に滑りこみ、わたしを上へ押し上げ、引き寄せる。キスがとぎれると、わたしは呼吸がとても速くなっていて、頭がくらくらして、彼にしがみつこうとする。

「上げて」彼があえぎながらいう。「両手を上に」

わたしはいわれたとおりにする。

彼はわたしのシャツをたくしあげ、頭から脱がせて、床に投げ捨てる。

「仰向けになってくれ」彼はまだ荒い息をつきながら、わたしをテーブルの上に寝かせ、両手をわたしの背中からお尻の下へ滑らせる。そして、わたしのジーンズのボタンをはずし、ジッパーを下ろす。「ちょっと腰を浮かせてくれ」というと、ジーンズと下着の両方に指をかけて引き下ろす。

わたしは息をのむ。

彼のオフィスのテーブルに、ほとんど裸で寝ている。身につけているのは、ブラ一枚。

やがて、それも取り去られた。

彼の手がわたしの脚を上がり、太ももの内側へ滑る。彼の唇《くちびる》はわたしの胸を下りていき、わたしから、なけなしの理性と落ち着きを残らず奪っていく。全身がうずき、存在することさえ知らなかった感覚が次々にやってくる。わたしはテーブルの上でのけぞり、両手で彼の肩をつかむ。彼は熱い。どこに触れても熱くて、やさしくて、切《せっ》羽《ぱ》つまったように求めてくる。わたしが大きな声を上げてしまわないようにこらえていると、彼はすでにわたしの体の下のほうへ移動していて、次にキスする場所を、どんなふうにキスするかをもう決めている。

彼はやめようとしない。

わたしの理性はどこかへ行ってしまった。言葉も、まともな思考も、どこかへ消えた。秒が集まって分となり、心臓は壊れそうで、手はしっかりとしがみついていて、わたしは地球につまずいてしまう。もうなにもわからない、なにも。だって、これと比べられるものなんて、なにもない。わたしがいま感じていることを表現できるものは、なにもない。

もう、なにも考えられない。

この瞬間と、体に触れる彼の唇《くちびる》と、肌をなでる彼の手のことしか、考えられない。彼に初めての場所にキスされるたび、わたしは完全におかしくなっていく。声を上げて、彼にしがみつく。死んでしまいそうな気がするのと同時に、生き返るような気もする。

ウォーナーがひざをつく。

わたしは喉《のど》の奥でうめき声を嚙み殺す。そのとたん、彼に抱き上げられてベッドへ運ばれる。気づくと彼はわたしの上にいて、熱に浮かされたようにキスの雨を降らせている。わたしは不思議でしょうがない。なぜ、わたしはまだ死んでいないんだろう？　どうして、体が燃えていないの？　まだこの夢から覚めないのはなぜ？　彼はわたしの体を下へなで、また顔に戻ってきて一回、二回とキスをする。彼の歯が一瞬わたしの下唇《したくちびる》を嚙む。わたしは彼にしがみつき、彼の首に両腕を巻きつけて髪をかき上げ、彼をもっと自分に引き寄せる。彼はとても甘い。とても熱くて、とても甘い。わたしはずっと彼の名前を呼ぼうとしているけれど、息をする暇もなくて、言葉を口にする隙《すき》なんてない。

わたしは彼の体を押しやる。

彼のシャツを脱がせようと、震える手でボタンをいじる。うまくはずせない。いらいらして引きちぎると、ボタンがあちこちにはじけ飛んだ。彼の体からシャツを取ろうとすると、彼に引き寄せられた。彼はわたしの両脚を自分の腰に巻きつけ、わたしの体をまた後ろへ倒していく。わたしの頭がマットレスにつくと、彼がおおいかぶさってきて、両手でわたしの顔を包んだ。彼の二本の親指が、わたしの口の両端で（　）

を作る。彼はわたしを引き寄せ、キスをする。キスされているうちに時間は消え、わたしはなにもかも忘れてぼうっとしてしまう。

濃厚なうっとりするキス。

星々を空へのぼらせて世界を照らすようなキス。永遠にも一瞬にも感じさせるキス。彼はわたしの頰《ほお》を包んだまま、体を引いてわたしの目をのぞきこむ。彼の胸は大きく動いている。「心臓が爆発しそうだよ」といわれ、わたしはいつも以上に強く願ってしまう――こういう瞬間をとっておいて、いつまでも何度でも味わえたらいいのに。

だって、これは。

なによりも大切なものだから。


ウォーナーは午前中ずっと眠っていた。

トレーニングに起きることはなかった。シャワーに起きることもなかった。起きてなにかをしようとはしなかった。ただここに寝ている。うつ伏せで、両腕で枕を抱きしめたまま。

わたしは午前八時から目覚めていて、彼を二時間見つめている。

彼はたいてい五時半に起きる。もっと早いときもある。

たくさんの大事なことを放ったらかしているのではないかと、わたしはそろそろ心配になってくる。今日、会議や出席しなければならない予定があるのか、わたしにはわからない。寝坊してスケジュールに穴を開けてしまったのかどうか、彼のようすを見にくる人がいるのかどうか、わたしはなにもわからない。

わかるのは、彼を起こしたくないということだけ。

わたしたちは昨夜、かなり遅くまで起きていた。

彼の背中をなでながら――〝IGNITE《火をつけろ》〟のタトゥーには、まだとまどってしまう――無数の傷跡に目を向ける。生まれてからずっと彼が苦しまされてきた恐ろしい虐待《ぎゃくたい》の跡以外のものだと思おうとする。そんな恐ろしい真実は、わたしにはどうしようもできない。わたしは寝ている彼にくっついて、彼の背中に顔を当て、両手で彼の体をきつく抱きしめる。彼の背骨にキスをする。彼の息遣いを感じる。吸って吐く呼吸は、とても安定していて力強い。

ウォーナーがほんの少し、体を動かした。

わたしは起き上がる。

彼は半分眠ったまま、ゆっくりと寝返りを打つ。握った片手の甲で目をこすり、何度かまばたきする。それから、こちらを見た。

ほほえんでいる。

とても眠そうな笑顔。

ほほえみ返さずにはいられない。なんだか、自分の体がふたつに大きく割れて、太陽の光で満たされたような感じ。いままで、ウォーナーの眠そうな顔なんて一度も見たことがなかった。彼の腕のなかで目を覚ましたこともなかった。しっかり目覚めて、油断なく機敏な彼しか、見たことがなかった。

なのに、目の前の彼は、だらしがないといってもいいくらいだ。

かわいい。

「おいで」彼がわたしに手を伸ばす。

わたしが彼の腕のなかへ這《は》っていってしがみつくと、彼もぎゅっとわたしを抱き寄せる。わたしの頭のてっぺんにキスをして、ささやく。「おはよう、スイートハート」

「あ、それ、好き」わたしは小声でいい、彼には見えないのにほほえんでいる。「あなたにスイートハートって呼ばれるの、好き」

彼は肩を揺らして笑うと、仰向けになって体の横で両腕を伸ばす。

服を着ていない彼が、これほど素敵に見えるなんて。

「こんなにぐっすり眠ったのは、生まれて初めてだ」彼はやさしくいい、目を閉じたままにっこりする。頰《ほお》にえくぼができる。「じつに妙な気分だ」

「長いこと眠っていたものね」わたしは彼の手と自分の手を組み合わせる。

彼はうっすら片目を開けて、こちらをのぞく。「そんなに？」

わたしはうなずく。「もう、朝も遅い時間よ。十時半だもの」

彼は硬直する。「本当か？」

わたしはまたうなずく。「あなたを起こしたくなくて」

彼はため息をつく。「悪いが、急がなくてはならない。ドゥラリューが動脈瘤《どうみゃくりゅう》を破裂させているかもしれない」

しばらくの沈黙。

「エアロン」わたしはおずおずと声をかける。「ドゥラリューって何者なの？　なぜ、そんなに彼を信頼しているの？」

彼は大きく息を吸いこむ。「彼とは長い付き合いなんだ」

「それだけ……？」わたしは体を引いて、彼の目を見つめる。「ドゥラリューはわたしたちのことや、わたしたちがしていることをよく知っているでしょ。ときどき、不安になるの。あなたは以前、兵士たちはみんなあなたを憎んでいるといっていた。彼を疑わなくていいの？　そんなに信頼しないほうがいいんじゃない？」

「ああ」彼は静かに答える。「そうだな」

「でも、疑ってないじゃない」

ウォーナーはわたしの目を見て、やさしくいう。「ドゥラリューはわたしの母の父親なんだよ、ジュリエット」

わたしは一瞬固まって、はっと我に返る。「なんですって？」

ウォーナーは天井を見上げる。

「彼はあなたのおじいさんなの？」わたしはベッドの上で起き上がる。

ウォーナーはうなずく。

「いつから知ってるの？」わたしはこの事実に冷静でいられない。

「生まれたときからだ」ウォーナーは肩をすくめる。「いつもそばにいてくれた。わたしは子どもの頃から、あの顔を知っていた。自宅でよく見かけた。わたしの父が開く再建党の会議に出席していたからね」

わたしは驚きのあまり、なんといっていいのかわからない。「でも……あなたの彼に対する扱いは、まるで……」

「部下のようか?」ウォーナーは首を伸ばす。「実際、部下だからな」

「でも、あなたの家族じゃ――」

「ドュラリューをこのセクターの任務につけたのは、わたしの父だ。だからわたしには、自分のDNAの半分をもたらした父と、ドゥラリューになんらかの違いがあると考える理由はなかった。ドゥラリューがわたしの母を見舞ったことは一度もない。母のようすをたずねたこともない。母への関心を見せたことはまったくない。だが、ドゥラリューは十九年かけてわたしの信頼を得た。わたしがそんなことを自分に許したのは、十九年ものあいだ変わらぬ誠実さを感じたからだ」そこで休んで、つづける。「しかも、ある程度親しくなってからも、彼はけっして、今後もぜったいに、わたしと血のつながりがあることを認めないからだ」

「どうして認めないの?」

「わたしが父の息子ではないように、彼もわたしの祖父ではないからだ」

わたしはまじまじとウォーナーを見つめ、これ以上この話をつづけても意味がないと気づく。わたしにはわかる気がするから。彼とドゥラリューは、おたがいに奇妙な肩苦しい敬意を持っているだけなのだ。それに、血がつながっているというだけで家族になれるものでもない。

わかる気がする。

「もう、行かなきゃいけないの?」わたしはドゥラリューの話題を持ち出したことを反省して、ささやく。

「いや、まだいい」彼はほほえみ、わたしの頰《ほお》に触れる。

ふたりとも、一瞬だまりこむ。

「なにを考えてるの?」

わたしがたずねると、彼は身を乗り出し、とてもやさしくキスをして、首をふる。

わたしは指先で彼の唇《くちびる》に触れる。「ここに秘密を隠してるでしょ。出してほしいな」

彼はわたしの指を噛もうとする。

わたしは指を引っこめる。

「おまえはどうしてこんなにいい匂いがするんだ?」わたしの質問を避けて、まだほほえんでいる。また身を乗り出して、わたしの顔の輪郭《りんかく》にそってあごの下まで軽くキスをしていく。「この香りをかぐと、たまらなくなる」

「こっそりあなたの石鹼を使ってるからよ」

彼は眉《まゆ》をひそめる。

「ごめんなさい」わたしは赤くなる。

「あやまることはない」彼は急に真顔になる。「わたしの物はなんでも好きに使っていい。全部、おまえのものだ」

わたしは不意をつかれ、彼の声にこめられた誠実さに心を打たれてしまう。「本当に？　わたし、あの石鹸、とても気に入ってるの」

彼はにやりとして、いたずらっぽい目になる。

「なによ？」

彼は首をふり、わたしから離れて、するりとベッドを出る。

「エアロン――」

「すぐ戻る」

彼はバスルームに入っていく。蛇口をひねる音がして、バスタブに水をためる音が聞こえてくる。

わたしは胸がどきどきしてくる。

彼が寝室に戻ってくると、わたしはシーツにくるまって、彼がしようとしていることに、すでに抵抗している。

彼は毛布を引っぱる。首をかしげて、わたしを見る。「さあ、おいで」

「いや」

「どうして？」

「なにをするつもり？」

「なにも」

「嘘つき」

「だいじょうぶだよ、ジュリエット」彼の目はわたしをからかっている。「恥ずかしがらないで」

「ここは明るすぎるわ。明かりを消して」

彼は声を上げて笑い、ベッドからシーツをはぎ取る。

わたしは悲鳴を嚙み殺す。「エアロン――」

「完璧だ。体の隅々《すみずみ》まで完璧だ。わたしに隠すことはない」

「さっきいったこと、取り消す」わたしはあせって、枕で体を隠そうとする。「あなたの石鹸はいらない――さっきの言葉は取り消し――」

けれど、彼はわたしの腕から枕をもぎとり、さっとわたしを抱き上げて運んでいった。

わたしの新しい服ができあがった。

アーリアとウィンストンが作る服に必要なものは、ウォーナーがすべて用意してくれた。わたしはアーリアたちの作業が日々少しずつ長くなっていくのを見てきたけれど、あんなにさまざまな材料がこんな服に変身するなんて想像もつかなかった。

蛇の皮みたい。

生地は黒にもメタルグレーにも見えるけれど、光が当たるとほとんど金色に見える。この服を着て動くと、生地の模様も動く。生地が伸び縮みするようすには目がくらむ。まるで、一本一本の糸が揺れてくっついたり離れたりしているようだ。

着心地の悪さと安心の両方を感じる。肌にぴったり張りついて、最初は少し窮屈《きゅうくつ》な気がしたけれど、手足を動かしてみると、とても伸縮性が高いことがわかってくる。奇妙なほど、こちらの直感を裏切る服だ。前に作ってもらった服よりさらに軽く、なにも着ていないような感覚なのに、前の服よりずっと丈夫で耐久性が高い。この服ならナイフの攻撃さえ防げそうな気がする。アスファルトの上を一キロ以上引きずられても平気に思える。

新しいブーツも作ってもらった。

前のとそっくりだけれど、丈が足首まではなく、ふくらはぎまである。ヒールはフラットで、弾力性があって、歩き回っても足音がしない。

手袋は頼まなかった。

なにもつけていない手を曲げたり伸ばしたりしながら、トレーニングルームを端から端まで往復したり屈伸したりして、新しい服とブーツの感覚に体を慣らしていく。新しい服の目的は、以前とは違う。わたしはもう自分の肌を隠そうとはしていない。すでに持っている力を高めようとしているだけだ。

とてもいい気分。

「これもあなたに」アーリアが顔を赤らめてにっこりする。「新しいのがほしいんじゃないかと思って」そういって、以前作ってくれたものとそっくりな真鍮《しんちゅう》のメリケンサックを差し出す。

前のはなくしてしまった。わたしたちが負けた戦闘で。

この新しいメリケンサックは、わたしにとって、ほかのなによりも意味のあるものだ。二度目のチャンスだ。もう一度、世の中を正す機会をあたえられたのと同じだ。

「ありがとう」わたしはアーリアにお礼をいう。このひと言にどれだけ大きな意味がこもっているか、彼女がわかってくれることを祈って。

素手にメリケンサックをつけて、指を曲げてみる。

顔を上げ、まわりを見る。

みんな、こちらを見ている。「どう?」わたしはたずねる。

「おれの服とよく似てるな」ケンジが顔をしかめる。「黒い服はおれだけだと思ってたのによ。なんで、ピンクにしねえんだ? それか、黄色とか――」

「われわれは、〝なんとかレンジャー〟じゃないんですよ」ウィンストンがあきれた顔をする。

「なんだよ、それ?」とケンジ。

「ぼくはかっこいいと思うよ」ジェイムズが満面の笑顔を浮かべている。「前よりもずっとクールに見える」

「そうね、すごく強そう」リリーがいう。「わたしは好きよ」

「君たちの最高傑作だね」ブレンダンがウィンストンとアーリアにいう。「すごいよ。その手につけるやつも……」そういって、わたしの両手を指す。「それで……完全になる気がする。すばらしいと思う」

「じつに機敏に見えるよ、ミズ・フェラーズ」キャッスルがわたしにいう。「その服《スーツ》はとてもよく似合《スーッ》う。駄洒落《だじゃれ》は癖《くせ》でね。許してくれ」

わたしはにやりとする。

ウォーナーの手が、わたしの背中に触れる。彼がかがみこんできて、ささやく。

「これをはぎ取るのは、簡単そうだな」わたしは彼のほうを見ないようにする。きっとわたしをからかって、にやにやしているはずだ。彼にまだ赤面させられると思うと、いやになる。

わたしの目はほかに見るものを探して室内を見回す。

アダム。

アダムがわたしを見ている。意外とくつろいだようすだ。落ち着いている。そして一瞬、ほんのわずかな瞬間、わたしの以前知っていた彼が見えた。初めて好きになった頃の彼が。

彼は目をそらす。

彼がだいじょうぶだといいんだけれど。わたしは祈らずにいられない。冷静さを取り戻す時間は、あと十二時間しかない。なぜなら、今夜、わたしたちは計画を再検討することになっているから。検討するのは、これが最後だ。

そして明日、すべてが始まる。

4 開戦

「エアロン？」

明かりは消えている。わたしたちはベッドで横になっている。わたしは彼の体の上に手足を伸ばし、彼の胸を枕にして天井を見つめている。

彼の手がわたしの髪をなで、ときおり指が髪をほぐす。「この髪は水のようだ。なめらかで流れるようだ。シルクにも似ている」

「エアロン」

彼はわたしの頭のてっぺんに軽くキスして、わたしの両腕をなで下ろす。「寒いのか？」

「永久に避けてはいられないのよ」

「避ける必要などない。避けるべきことなど、なにもない」

「わたしはただ、あなたがだいじょうぶなのか知りたいだけ。心配なの」彼はお母さんのことを、まだなにも話してくれていない。お母さんの部屋にいたときは、ずっとしゃべらなかったし、その後もお母さんの話はまったくしていない。ほのめかしたことすらない。ただの一度も。

いまも、なにもいってくれない。

「エアロン？」

「なんだい、ジュリエット」

「話してくれるつもりはないの？」

彼はまた長いことだまりこみ、わたしは彼のほうを向こうとする。けれど、そのとき。

「母はもう苦しんでいない」彼が静かにいった。「それは大きななぐさめだ」

わたしはそれ以上、彼にしゃべらせようとするのはやめる。

「ジュリエット」

「なあに？」

彼の息遣いが聞こえる。

「ありがとう」彼は小さい声でいう。「友人になってくれて」

そこで、わたしは彼に向き直る。彼にくっつき、彼の首に鼻をこすりつける。「あなたにわたしが必要なときは、いつでもそばにいるわ」暗闇に声がつかえ、小さくなる。「それを忘れないで。ずっと心に刻んでおいて」

数秒が闇に溺《おぼ》れる。わたしはうとうとする。

「これは現実なのか？」彼のささやき声がした。

「え？」わたしはまばたきして、眠るまいとする。

「おまえの存在はとても現実感がある。声もだ。これが現実であってほしい、心からそう思う」

「現実よ。それに、状況はこれからよくなっていく。ずっとずっとよくなっていくわ。わたしが保証する」

彼は短く息を吸いこむ。「いちばん恐ろしいのは」とても小さい声でいう。「わたしが生まれて初めて、本気で信じていることだ」

「それでいいのよ」わたしはやさしくいい、彼の胸に顔をうずめて目を閉じる。

ウォーナーの両腕が滑ってきて、わたしを引き寄せる。「なぜ、こんなにたくさん服を着ているんだ？」

「んん？」

「これは気に入らない」彼はわたしのズボンを引っぱる。

わたしは彼の首に、ごく軽く唇《くちびる》を触れさせる。羽根のように軽いキスをする。「じゃあ、脱がせて」

彼はシーツを引っぱる。

わたしが一瞬身震いをこらえると、脚のあいだに彼がひざをついていた。彼はわたしのズボンのウエストを見つけ、腰から太ももへゆっくり下ろしていく。

わたしの心にあらゆる質問が渦巻く。

彼はわたしのズボンを片手で丸め、部屋の向こうへ投げ捨てる。

やがて、彼の両手が背中の下に入ってきて、わたしの体を起こし、彼の胸に抱き寄せる。彼の手がわたしのシャツの下にもぐりこみ、背骨を這《は》い上がってくる。

シャツはあっというまに脱がされてしまう。

ズボンと同じ方向へ放り投げられる。

わたしはほんの少し震える。彼はわたしを枕にもたれさせ、わたしにあまり体重をかけないように慎重《しんちょう》に動く。彼の体の温もりは、とてもありがたい。とても温かい。

わたしは頭を後ろにそらせる。目はつむったまま。

わたしの口はなんの理由もなく開いている。

「体で感じたい」耳元で彼がささやく。「肌を合わせたい」彼のやさしい手が、わたしの体を下りていく。「なんてやわらかいんだ」彼の声は強い感情にかすれている。

彼がわたしの首にキスしている。

わたしはくらくらしている。なにもかもが熱くて冷たい。わたしのなかで、なにかが目覚めようとしている。わたしは彼の胸に両手を伸ばし、つかまるものを探す。わたしは目を開いたままでいようとしてもできず、ただ彼の名前をささやくことしかできない。

「なんだい、ジュリエット?」

わたしはもっとなにかいおうとするけれど、口がいうことを聞いてくれない。

「もう眠るか?」

ええ。わたしは思う。やっぱりわからない。ええ。

わたしはうなずく。

「それがいい」彼は静かにいい、わたしの頭を持ち上げ、首の下から髪をどけ、枕に頭をあずけやすくしてくれる。彼はベッドの上で、わたしの横に体をずらす。「もっと睡眠が必要だ」

わたしはまたうなずき、横向きで丸くなる。彼がわたしの腕まで毛布をかけてくれる。

彼はわたしの肩の丸みにキスをする。肩甲骨《けんこうこつ》にも。背骨にそって五回キスをする。一回ごとにキスは軽くなっていく。「毎晩、ここですごすよ」彼はささやく。その言葉はとてもやさしく、とても苦しい。「温めてあげよう。目を開けていられなくなるまで、キスをしよう」

わたしの頭には、雲がかかっている。

わたしの心の声が聞こえる？

あなたの好きなもののリストを作って、そこにわたしを載せてほしい。

けれど、わたしは急速に眠りに落ちていき、現実の世界にとどまっていられなくなる。口の動かし方もわからない。周囲に時間が降り積もり、わたしはこのひとときに包みこまれてしまう。

ウォーナーはまだ話している。とても静かに、とてもやさしく。わたしはもう眠っていると思っている。自分の声は、わたしには聞こえていないと思っている。

「知っていたか？」彼はささやいている。「わたしは毎朝、目を覚ますたび、この娘《こ》は消えているだろうと確信するんだ」

眠っちゃだめ――わたしは自分にいい聞かせる――目を覚まして、ちゃんと聞くのよ。

「こんなことや、こんなひとときは、ありえない夢だったことがはっきりするだろうと思いながら目を覚ます。だが、そのとき、わたしに話しかけてくる声が聞こえるんだ。こっちを見る目を見て、これは現実に起こっていることだと実感できる。その心のなかや、わたしに触れる仕草に、真実を感じとれる」彼の手の甲がわたしの頬《ほお》をかすめる。

わたしの目が開く。一回、二回、まばたきする。

彼の唇《くちびる》がやさしい笑みを作る。

「エアロン」

「愛してる」

わたしは胸から心臓が飛び出しそうになる。

「いまのわたしには、なにもかもが以前とは違って見える」ウォーナーはいう。「違って感じる。違った味わいに思える。わたしを生き返らせてくれたんだ」少しだまってから、つづける。「こんな安らぎは、いままで知らなかった。こういう安心も知らなかった。ときどき不安になる」彼は目を伏せる。「わたしの気持ちが、そのうちこの娘《こ》を怖がらせてしまうんじゃないか」

彼がゆっくりと顔を上げると、金色のまつ毛が上がり、さらに悲しみと美しさがあらわになる。こんなに圧倒的な悲しみと美しさが同時に存在するところなんて、見たことない。ひと目でこれほど多くの思いを伝えられる人がいるなんて。彼のなかには、途方もない苦しみがある。途方もない情熱がある。

わたしは息をのむ。

両手で彼の顔を包んでキスをする。ゆっくりと。

彼の目が閉じる。彼の唇《くちびる》がわたしの唇に応える。彼の両手が上がってきて、わたしを引き寄せようとする。

「だめ」わたしはささやく。「動かないで」

彼は手を下ろす。

「仰向けになって」

彼はそうする。

わたしは彼のいたるところにキスをする。頰《ほお》。あご。鼻の先に、眉間《みけん》。額全体から顔のりんかくにそって。彼の顔の隅々《すみずみ》まで。軽くやさしいキスは、わたしよりよっぽど雄弁だ。わたしがどう感じているか、彼にわかってほしい。彼にしかできない方法で、わたしの動きにひそむ気持ちの深さを感じとってしまうあの方法で、知ってほしい。知って、そして疑わないでほしい。

わたしはゆっくり時間をかけたくなる。

わたしの口が彼の首へ移動すると、彼があえいだ。わたしは彼の肌の香りを吸いこんで、彼を味わう。両手で彼の胸をなで、キスを浴びせながら下へ下りていく。彼はずっと手を伸ばしてわたしに触れようとしていて、わたしはやめてと注意しなくてはいけなくなる。

「頼む、触れて感じたいんだ――」

わたしは彼の両腕をやさしく押し戻す。「まだ、だめ。いまはまだ」

彼のズボンに手をかけると、彼の目がぱっと開く。

「目をつむってて」また、いわなきゃいけない。

「いやだ」彼はほとんど声が出ていない。

「目をつむって」

彼は首を横にふる。

「しょうがないわね」

わたしは彼のズボンのボタンをはずす。ジッパーを下ろす。

「ジュリエット、なにを――」

わたしは彼のズボンを脱がせようとする。

彼は起き上がる。

「寝ていて。お願い」

彼は目を見開いて、わたしを見つめている。

それからやっと、仰向けになる。

わたしは彼のズボンを完全に脱がせて、床に放る。

彼は下着姿だ。

わたしはやわらかい木綿にならぶ縫い目をなぞり、ボクサーショーツの中央の布が重なった部分までたどっていく。彼の息遣いはすっかり速くなっている。呼吸の音が聞こえるし、胸は大きく動いている。目はしっかり閉じられ、首は後ろに反って、口は開いている。

わたしはもう一度、彼に触れる。とてもやさしく。

彼はうめき声を押し殺し、横を向いて顔を枕に押しつける。全身を震わせ、両手でシーツをつかんでいる。わたしは彼の両脚を下へなでていき、ひざのすぐ上をぎゅっとつかむ。そしてゆっくりと左右に開き、太ももの内側をキスで上へたどっていく。鼻が彼の肌をかすめる。

彼は苦しそうに見える。とてもつらそうに見える。

わたしは彼の下着のウエストを見つけて、下へ引っぱる。
ゆっくり。
ゆっくり。
腰骨のすぐ下に、タトゥーが入っている。

hell is empty（地獄は空っぽ）
and all the devils are here（悪魔は全員ここにいる）

言葉の上にキスしていく。
キスで悪魔を追いはらう。
キスで苦しみを消していく。

わたしはベッドの端にすわり、ひざの上で頬杖《ほおづえ》をついている。
「支度はできたか？」

わたしは顔を上げる。立ち上がって、首をふる。

「深呼吸してごらん、ジュリエット」彼はわたしの前に立ち、両手でわたしの顔を包む。彼の瞳《ひとみ》は明るく、真剣で、落ち着いていて、信頼に満ちている。わたしへの信頼に。「まったく、すばらしい。非凡な人間だ」

わたしは笑おうとして失敗する。

ウォーナーはわたしの額に自分の額をくっつける。「恐れるものはなにもない。心配することもない。このはかない世界に、悲しむべきことなどなにもない」

わたしは首をそらし、目で問いかける。

「それが、わたしの知っている唯一の生き方だ」彼はいう。「この世界には悲しいことばかりで良いものはほとんどないのに、と思うか？　それでも、わたしはなにひとつ悲しまない。すべてを受け入れる」

わたしは永遠とも思える時間、彼の目を見つめる。

彼はわたしの耳元に口を寄せ、声を落とす。「Ｉｇｎｉｔｅ《燃えろ》、ジュリエット。Ｉｇｎｉｔｅ《燃えろ》」

ウォーナーは兵士たちに招集をかけていた。

彼の話では、それは日常的によくあることで、兵士たちは黒の軍服を着用しなければならないらしい。「しかも、そのあいだ兵士は武器を持たない」

ケンジとキャッスルとほかのみんなも、ケンジに姿を消してもらって見にきているけれど、今日ここでしゃべるのはわたしだけだ。わたしが先頭に立ちたいとみんなにいったのだ。いちばんの危険はわたしが引き受けると、宣言したのだ。

だから、わたしはここにいる。

ウォーナーにうながされ、彼の寝室のドアから出ていく。

廊下にはだれもいない。ウォーナー専用エリアを警備している兵士たちの姿はない。すでに集会の会場でウォーナーを待っているのだ。わたしがこれからしようとしていることが、次第に現実味を帯びてくる。

どんな結果になろうと、わたしは自分の姿を表に出す。わたしからアンダースンへのメッセージだ。このメッセージは、かならず彼に届く。

わたしは生きている。

あなたの軍を率いて、あなたを追い詰める。

そして、あなたを倒す。

そう思うと、なぜかうれしくなる。

エレベーターに乗ると、ウォーナーがわたしの手を取る。わたしは彼の手をぎゅっと握る。彼はほほえんで、まっすぐ前を向いている。やがてわたしたちは思いきってエレベーターを下り、ドアを通って屋上に作られた中庭に出る。わたしが前に一度だけ立ったことのある場所だ。

今回は捕らわれの身として戻ってきたんじゃないと思うと、不思議な気分。もう怖くない。しかも、前にわたしを連れてきた金髪の青年の手を、いまはしっかりと握っている。

この世界はなんて不思議なんだろう。

集まった兵士たちに見えるところへ出ていく前に、ウォーナーは立ち止まる。確認するようにこちらを見る。わたしはうなずき、彼はわたしの手を放す。

わたしたちはいっしょに前へ進みでる。

下に立っている兵士たちから、息をのむ音が聞こえた。

わたしのことを覚えているのは、明らかだ。

ウォーナーがポケットから金属のメッシュでできた四角い機器を出し、一度唇《くちびる》に押しつけてから片手に握る。彼が話しだすと、その声は拡声器を通したようにひびきわたった。

「第45セクターの兵士諸君」

兵士たちがいっせいに動く。右の拳《こぶし》を突き上げてから胸の前で止め、左手は開いて体の横に垂らす。

「一ヵ月と少し前に、われわれは〝オメガポイント〟という名の抵抗グループとの戦いに勝利した。おまえたちは、そういわれたはずだ。われわれは彼らの本拠地を壊滅させ、生き残った者たちを戦場で始末した。こうもいわれた」ウォーナーはつづける。「再建党の力に疑いを持つな。われわれは無敵だ。軍事力と領土支配で、われわれに勝《まさ》るものはない。われわれこそが未来であり、唯一の希望だといわれた」

ウォーナーの声は兵士たちの頭上にひびき、彼の目は兵士たちの顔をすばやく見回している。

「そんな話をおまえたちが信じていないといいと思う」

ウォーナーを、兵士たちは呆然《ぼうぜん》と見つめている。ここで賛同して、万が一、手のこんだ冗談だったり、再建党が忠誠心を試していたりしたら危険だと思っているようだ。

ただ、呆然《ぼうぜん》と司令官を見ている。もはや、無表情をたもとうとすらしていない。

「ジュリエット・フェラーズは」ウォーナーはつづける。「死んではいない。いまここに、わたしの横に立っている。アンダースン総督《そうとく》のいったことは間違いだ。彼女は生きている。実際、総督《そうとく》は銃で彼女の胸を撃った。そのまま彼女を放置して死なせようとした。しかし彼女は見事に生き延び、今日ここにやってきた。おまえたちに提案があるそうだ」

わたしはウォーナーの手から金属製の四角い機器を受け取り、彼がしていたように軽く唇に当ててから片手に握った。

大きく息を吸いこんで、八文字の言葉を口にする。

「再建党を倒したい」

自分の声が兵士たちの頭上に大きく力強くひびきわたり、わたしは一瞬驚いてしまう。兵士たちはぎょっとわたしを見つめた。ショックを受けた顔。信じられないという顔。愕然《がくぜん》とした顔。小声のざわめきが広がる。

「わたしを指揮官として、いっしょに戦ってほしいの」わたしは呼びかける。「反撃したいの――」

もう、だれもわたしの話なんて聞いていない。

完璧にそろっていた列はすっかり乱れている。集まってひと塊《かたまり》になり、話し合ったり怒鳴ったり考えこんだりしている。この状況を理解しようとしている。

まさか、こんなに早くみんなの注意がそれてしまうなんて。

「ためらうな」ウォーナーがわたしに注意する。「この場を収拾しろ。いますぐ」

これは後にとっておきたかった。

いまわたしたちがいるのは、地面から五メートルほど上の場所だ。けれど、この上にさらに四階あるとウォーナーはいっていた。最上階には、このエリアじゅうに設置されたスピーカーにつながる拡声器がある。そこには、技術者しか利用できない小型の高所作業台がある。

わたしはすでに上へ向かっている。

兵士たちはまた騒ぎだし、階段をのぼるわたしを指さして、大声で話し合っている。この事態がすでに市民やスパイの耳に入っていて、総督《そうとく》に報告されている可能性があるのかどうか、わたしにはわからない。いまはそんなことを気にしている暇はない。まだ演説もすんでいないというのに、兵士たちの注意はそれてしまっている。

まずい。

やっと最上階に着く。地上約三十メートルくらいはある。慎重《しんちょう》に作業台の上にのぼる。さらに慎重に、長く下を見ないようにする。ようやく台の上に足を踏みしめて立つと、顔を上げて兵士たちを見回す。

また注目を集めることができた。

わたしは手のなかで小型マイクを握る。

「ひとつだけ、聞きたいことがあるの」わたしの言葉は力強くはっきりと、遠くまでひびく。「再建党はいままで、あなたたちのためになにをしてくれた？」

今度は、兵士たちはしっかりわたしを見ている。耳を傾けている。

「わずかな給料とけっして来ることのない未来への約束以外には、なにもあたえられていないでしょ。再建党はあなたたちの家族を引き裂き、わずかに残された土地に散らばらせた。再建党は子どもたちにひもじい思いをさせ、あなたたちの家庭を壊した。再建党はあなたたちに嘘をつく。何度も何度も嘘をつき、あなたたちを管理するために軍の仕事につかせる。あなたたちには、ほかに選択肢がない」わたしはうったえる。「ほかにどうしようもない。それで、あなたたちは再建党の軍隊に入って戦い、友人を殺す。家族を食べさせていくには、そうするしかないから」

よし、兵士たちはわたしの話を聞いてくれている。

「あなたたちがこの国をまかせている人物は、卑怯《ひきょう》者だわ。怖くて世間に自分の顔を見せることもできない弱い男よ。彼は秘密に守られて暮らし、自分を頼りにしている人々から姿を隠している。そして、あなたたちには自分を恐れよと教えこんだ。彼の名前が出たら、恐怖に縮みあがるようにしつけた」

わたしはつづける。「あなたたちはまだ、彼に会ったことがないかもしれない。けれど、わたしはある。たいした人間じゃなかった」

まだだれにも撃たれていないのが、信じられない。集会には武器を持ちこんではいけないことになっているけれど、そんなの当てにならない。たぶん、銃を持っている兵士はいる。それなのに、まだだれも撃ってこない。

「新しい抵抗運動の仲間になって」わたしは大声で呼びかける。「わたしたちは多数派よ。団結すれば立ち向かえる。こんな生活をつづけたい？」わたしは遠くに見える居住区を指さして問いかける。「いつまでも飢えていたい？　再建党はあなたたちに嘘をつきつづける！　わたしたちの世界は、修復できない状態なんかじゃない。救いようのない状態なんかじゃない。わたしたちは自分たちのために戦う兵士になれる。共に立ち向かえる。わたしの仲間になって。そうすれば、状況は変わると約束する」

「なぜだ？」だれかが声を張り上げる。「なぜ、そんな約束ができる？」

「わたしは再建党を恐れていない。それにわたしには、あなたたちが思っている以上の力がある。総督《そうとく》でも太刀《たち》打ちできない力よ」

「あんたのできることくらい、とっくに知ってる！」だれかが怒鳴る。「以前は、自分だって救えなかったじゃないか！」

「いいえ」わたしはいい返す。「あなたたちはわかってない。わたしになにができるか、あなたたちはまったくわかってない」

わたしは両手を前に伸ばし、手のひらを兵士たちのほうへ向ける。ちょうど真ん中を探し、集中する。

力を感じるんだ――ケンジにいわれたことを思い出す――力はあんたの一部だ、あんたの心と体の一部なんだ、コントロールの仕方さえ覚えれば、力はあんたのいうことを聞く。

わたしは足を踏ん張り、意を決する。

そして、兵士の集団をかきわけていく。

ゆっくりと。

ひとりひとりの体を認知しながらエネルギーを集中させ、自分の力をなめらかに動かし、兵士たちのあいだにやさしく滑りこませる。勢いよく突っこんでうっかり彼らの体を引き裂いてしまわないように。わたしの力は、指でつかむようにひとりひとりの体にまとわりつき、集団をふたつにわける中心点を見つける。兵士たちはすでに中庭の両側からおたがいを見て、なぜ自分たちを押しわける見えない壁に抵抗できないのかと首をひねっている。

エネルギーが一点に落ち着くと、わたしは腕を大きく広げる。

そしてぐっと動かす。

兵士たちは勢いよく倒れた。半分は左へ。半分は右へ。怪我《けが》をするほどではないけれど、驚くにはじゅうぶんだ。彼らにわたしの持っている力を感じてほしい。わたしが力を秘めていることをわかってほしい。

「わたしは、あなたたちを守れる」わたしの声はまだ、兵士たちの頭上にひびいている。「もっといろんなことができる仲間もいるわ。みんな、あなたたちと共に戦うつもりよ」

そのとき、まるで合図でも出たかのように、わたしがスペースを空けたばかりの中庭の真ん中に、とつぜん数人のグループが現れた。

兵士たちはぎょっと後ずさり、左右の隅《すみ》へよけていく。

キャッスルが片方の腕を上げると、遠くにある一本の木が地面から持ち上がる。彼が両手を動かして完全に地面から引き抜いたとたん、木は大きく傾き、風に枝を鳴らしながら空中を飛ぶ。キャッスルは念力で、木をつかんでぐっと引く。

さらにその木を頭上高く放り投げると、今度はブレンダンが両手を上げた。

そして、力いっぱい手を叩く。

電撃が木の根元に当たり、一気に幹を駆け上がる。すさまじい威力に木は文字通り木端微塵《こっぱみじん》になり、わずかに残った破片が地面に降りそそぐ。

わたしは予想もしていなかった。計画では、今日みんなが力を貸してくれることにはなっていなかった。けれどこうして、わたしのために完璧なプレゼンテーションをしてくれた。

いまだ。いましかない。

すべての兵士が注目している。中庭の中央が空いている。ケンジの目が下を向き、状況を確認する。

ケンジはうなずいた。

わたしは跳んだ。

三十メートルの高さから、目を閉じて脚を伸ばし、両腕を広げてジャンプする。かつてないほどの力が体を駆けめぐっている。その力をコントロールし、投射する。

着地の衝撃に、足元で地面が割れる。

わたしはひざを曲げてしゃがみ、片手を前へ伸ばす。中庭は激しく揺れていて、一瞬、また地震を引き起こしてしまったのかと不安になる。

ようやく立ち上がって周囲を見ると、兵士たちの姿がさっきよりはっきり見えた。彼らの顔と不安が見える。神でも見るようにわたしを見つめ、驚きとかすかな恐怖で目を見開いている。

「あなたたちが孤立することはない」わたしはその場でゆっくり回りながら、兵士たちの顔を見る。「もう恐れることはないのよ。わたしたちはこの世界を取り戻したいと思ってる。家族や友人の命を救いたいと思ってる。子どもたちにより良い未来をあたえたいと思ってる。だから戦いたいの。戦って、勝ちたいの」わたしは兵士たちの目を見つめる。「そのために協力してほしい」

完全な沈黙。

そして、完全な混乱。

歓声。叫び声と怒号。地面を踏み鳴らす音。

わたしは手に握った小型マイクが引っぱられるのを感じた。四角い金属の塊《かたまり》は空中を飛んで、ウォーナーの手のなかに入った。

ウォーナーは兵士たちに宣言する。

「おめでとう、諸君。家族や友人に伝えてくれ。明日、すべてが変わる。アンダースン総督《そうとく》は数日でここに来る。戦闘準備！」

そして、とつぜん。

ケンジがわたしたちの姿を消した。

わたしたちは中庭を駆け抜け、基地内を走り、兵士たちから見えないところまで来ると、すぐケンジが姿を見えるようにした。ケンジは先頭を走り、トレーニングルームまで案内する。あちこち曲がり、縫うようにして倉庫や射撃場を通り抜け、いっせいにトレーニングルームに転がりこむ。

ジェイムズが待っていた。

目をぱちぱちさせて立っている。「どうだった？」

ケンジが駆け寄り、ジェイムズをさっと抱き上げる。「どうだったと思う？」

「ええと。うまくいったんだね？」ジェイムズは声を上げて笑っている。

ぽんと背中を叩かれてふり向くと、キャッスルが目を輝かせてわたしに笑いかけていた。こんなに誇《ほこ》らしげな彼を見るのは、初めてだ。「よくやった、ミズ・フェラーズ。じつによくやった」

ブレンダンとウィンストンも、満面の笑みを浮かべて走ってくる。

「すばらしかったです」とウィンストン。「わたしたちはセレブかなにかになった気分でした」

リリーとイアンとアーリアもやってくる。わたしはみんなの協力に感謝する。最後の瞬間を見事に締めくくってくれたお礼をいう。

「本当にうまくいくと思う？」わたしはたずねる。「あれでじゅうぶんだと思う？」

「まだ手始めにすぎない」キャッスルがいう。「これから、すばやく行動する必要がある。おそらく、すでに噂《うわさ》は広まっているだろう。だが、ほかのセクターがおとなしくしているのも、総督《そうとく》が到着するまでのことだ」キャッスルはわたしを見る。「これは国全体を相手にした戦いになる。君がそこを理解しているといいのだが」

「ほかのセクターもわたしたちに加勢してくれれば、そんなことにはならないわ」

「たいした自信だな」キャッスルは奇妙な異星人でも見るような目で、こちらを見ている。どう理解していいのか、どう考えていいのかわからない生き物のように。「君には驚かされるよ、ミズ・フェラーズ」

エレベーターが止まる音がして、ドアが開く。

ウォーナーだ。

ウォーナーはまっすぐこちらに歩いてくる。「この基地にいれば安全だ。わたしの父が到着するまで、厳重に封鎖《ふうさ》されている。敷地内にはだれも出入りできない」

「で、これからどうするんだ？」イアンがたずねる。

「待機する」ウォーナーが答え、わたしたちを見回す。「もし、まだ総督《そうとく》の耳に入っていないとしても、五分後には入るだろう。総督《そうとく》は、おまえたちのグループに生き残りがいると気づく。ジュリエットがまだ生きていること、わたしが公然と彼に反旗《はんき》を翻《ひるがえ》したことを知るだろう。激怒することだろう。ここまでの展開は保証する」

「つまり、戦闘になるわけだ」ブレンダンがいう。

「そのとおり」ウォーナーは驚くほど落ち着いている。「戦うことになる。それも、すぐに」

「兵士たちは？」わたしは彼にたずねる。「ここの兵士たちは、本当に加勢してくれるの？」

ウォーナーは少し長すぎるくらい、わたしの目を見つめる。「ああ。彼らは本気だ。わたしには感じ取れる。急に、おまえに敬意を抱くようになった。まだ恐れている者も多いし、かたくなに疑っている者もいるが、おまえのいうとおりだった、ジュリエット。彼らは恐れているかもしれないが、兵士でいるのはいやだと思っている。こんな状況ではいやだ、再建党の兵士になどなりたくないと思っている。こっちに加勢する準備はできている」

「市民は？」わたしは驚嘆《きょうたん》して聞く。

「ついてくるさ」

「確実に？」

「確実なことなど、なにもない」ウォーナーは静かにいう。「だが、わたしがこのセクターに来て以来、今日のように感じたことは一度もなかった。兵士たちがこんな希望を持つのを感じたのは、これが初めてだ。それは、とてつもなく強く圧倒的だった。ここからでも感じられるほどだ。全身の血が震えた」

わたしはほとんど息もつけない。

「ジュリエット」ウォーナーはまだ、わたしの目を見つめている。「おまえは戦闘の火ぶたを切って落としたんだ」

ウォーナーがわたしを脇へ引っぱって、みんなから離れたところへ連れていく。

トレーニングルームの隅《すみ》で、彼はわたしの両肩をしっかりつかんだ。まるで、わたしがポケットからお月さまを出して見せたかのように、まじまじと見つめる。

「わたしは行かなくてはならない」彼は差しせまった口調でいう。「すぐ始めなくてはならないことが山ほどあるし、ドゥラリューとも話し合う必要がある。軍関係の仕事はすべて、わたしが引き受ける、ジュリエット。おまえの必要なものはすべて手に入るよう手配する。わたしの部下には、可能なかぎりあらゆる装備をさせる」

わたしは彼に感謝を示そうと、うなずく。

けれど彼はまだこちらを見ている。わたしの目のなかに立ち去りがたくなるものを見つけたかのように、じっと見つめている。彼の両手がわたしの顔に触れ、親指が頬《ほお》をなでる。彼はとてもやさしい声で話しだす。

「おまえは偉大な人物になるだろう。わたしはおまえにふさわしくなかった」

愛しい人。

彼はかがんで、わたしの額にそっとキスをする。

そして、去った。

わたしがまだエレベーターの閉まるドアを見つめていると、目の端にちらりとアダムが見えた。アダムはこちらへ歩いてくる。

「やあ」彼はそわそわして、居心地悪そうだ。

「アダム」

彼はうなずいて足元を見つめる。「さっきの君の活躍」といって、息を吐く。まだこちらを見ようとしない。「すごかったよ」

わたしはなんていえばいいのか、よくわからない。だから、なにもいわない。

アダムはため息をつく。「君はすっかり変わった。そうだろ?」

「ええ。変わったわ」

彼はうなずく。一度だけ。そして奇妙な笑い声を上げると、去っていった。


また、みんなで輪になってすわっている。

おしゃべりしている。話し合っている。考えて作戦を練っている。ジェイムズは部屋の隅《すみ》でいびきをかいてぐっすり眠っている。

全員、興奮と恐怖の中間にいるけれど、どちらかというと興奮に近い。これは、けっきょくのところ、オメガポイントのみんなが長年計画していたことなのだ。キャッスルに賛同して共に活動し、いつかこういうときが来ると考えていたのだ。

そのときが、ついに来た。再建党を倒すチャンスだ。

だれもがこのときのためにトレーニングを積んできた。アダムだって――彼はなんとか自分の気持ちと折り合いをつけ、いっしょに戦うことにした――元兵士だ。ケンジもそう。全員、身体的には最高のコンディションに仕上げてある。全員が戦士だ。アーリアでさえ、物静かなたたずまいに闘志をみなぎらせている。これ以上頼もしい仲間はいない。

「ところで、総督《そうとく》はいつこっちに来ると思う?」イアンがたずねる。「明日か?」

「どうかな」ケンジが答える。「けど、二日より長くはかからねえんじゃないか」

「総督《そうとく》って船に住んでるんじゃなかった? 大海の真ん中にいるんでしょ?」リリーが聞く。「どうやって二日でここまで来れるわけ?」

「君が考えているような船とは違うのだろう」キャッスルがいう。「おそらく、甲板に滑走路のある軍艦だ。ジェット機を呼べば、すぐここまで来れる」

「すげえ」ブレンダンが後ろに両手をついて、体をそらす。「現実と思えないよ。再建党の総督《そうとく》なんて。ウィンストンもおれも見たことないんだぜ。あいつの部下につかまって捕虜《ほりょ》にされてたってのに」ブレンダンは首をふる。そして、ちらりとわたしを見る。「で、どんな顔をしてるんだ?」

「すごくハンサム」わたしは答える。

リリーが声を上げて笑う。

「真面目にいってるのよ」わたしはリリーにいう。「ぞっとするほどハンサム」

「ほんとに?」ウィンストンは目を丸くして、こちらを見ている。

ケンジがうなずく。「ああ、かなりの男前だ」

リリーはぽかんとしている。

「総督《そうとく》の名前はアンダースンっていうのよね」

アーリアの質問に、わたしはうなずく。

「それって変じゃない?」リリーがいう。「ウォーナーの名字は、ずっとウォーナーだったでしょ。アンダースンじゃなくて」少し考える。「じゃあ、ウォーナーのフルネームは、ウォーナー・アンダースンってこと?」

「いいえ」わたしは答える。「ウォーナーは名字だけれど――父親の名字じゃない。母親の名字なの。ウォーナーは父親を拒否したの」

アダムが鼻を鳴らした。

みんながいっせいに、アダムを見る。

「じゃあ、ウォーナーのファーストネームはなんだ？」イアンがたずねる。「知ってるのか？」

わたしはうなずく。

「で？」ウィンストンが聞く。「教えてくれないんですか？」

「自分で聞いて。本人がいいたければ、教えてくれるから」

「いいえ、そのつもりはありません。彼に個人的な質問なんてできませんよ」

わたしは笑いをこらえる。

「それじゃ――アンダースンのファーストネームは？」イアンがいう。「そっちも秘密か？　けど、こういうのって奇妙だよな？　自分の名前を隠すなんてさ」

「え？」わたしは不意を突かれる。「それはどうかしら。名前には大きな力があるんだと思う。それから、質問の答えはノーよ」わたしは首をふる。「アンダースンのファーストネームは知らない。聞いたこともない」

「そんなこと知ったってしょうがないだろ」アダムが苛立たしそうにいう。「くだらない」自分の靴を見つめる。「やつの名前は、パリスだ」

「なぜ、それを知っている？」

わたしがはっとふり向くと、開いたエレベーターのすぐ前にウォーナーが立っていた。エレベーターの到着を告げるピンポンという音が、まだ小さくひびいている。彼の後ろでドアが閉まる。彼は呆然《ぼうぜん》とアダムを見つめている。

アダムは驚いてウォーナーを見て、それからわたしたちを見る。どうしていいかわからないようだ。

「なぜ、おまえが知っている？」ウォーナーは質問をくり返し、まっすぐわたしたちのところに歩いてきて、アダムのシャツをつかんだ。すばやい動きに、アダムは反応する暇もなかった。

ウォーナーはアダムを壁に押しつける。

こんなふうに声を荒げるウォーナーなんて、見たことがない。こんなに怒った彼は、見たことがない。「おまえに指示を出しているのはだれだ？」ウォーナーは怒鳴る。

「だれの命令で動いている？」

「はあ、なにいってんだよ！」アダムも怒鳴り返し、ウォーナーをふりほどこうともがく。ウォーナーは両手でアダムのシャツをつかみ、さらに強く壁に押しつける。

わたしはあせりはじめる。

「いつから、やつの指示で動いている？」ウォーナーがまた怒鳴る。「いつから、わたしの基地に潜入していた――」

わたしはあわてて立ち上がる。ケンジもすぐ後ろをついてくる。

「ウォーナー」わたしは呼びかける。「聞いて、アダムはスパイじゃない――」

「ほかに、そういう情報を知りえる手段はない」ウォーナーはアダムから目を離さずに答える。「総督《そうとく》の親衛隊の兵士以外に考えられない。そうだとしても、さらに疑問が湧《わ》く。下級兵士がその種の情報に触れられるわけがない――」

「おれは親衛隊の兵士なんかじゃない」アダムはいい返そうとする。「誓って、そんなんじゃ――」

「嘘つきめ」ウォーナーはののしり、アダムを壁に押しつける。アダムのシャツは破れかけている。「なんの目的で、ここに送りこまれた？　おまえの任務はなんだ？　やつにわたしを殺せと命じられたのか？」

「ウォーナー」わたしはもう一度、呼びかける。今度は懇願《こんがん》するように呼びかけ、走っていって彼の前に行く。「お願い、聞いて――アダムは総督《そうとく》の下で働いたりなんかしていない、わたしが保証する――」

「なぜ、おまえにわかる？」ウォーナーがやっと、こちらに一瞬目を向ける。「さっきからいっているように、こいつがやつの名前を知っているのは――」

「アダムはあなたの弟なの」わたしはついにいってしまう。「聞いて。あなたたちは兄弟なの。同じ父親を持つ兄弟なのよ」

ウォーナーが凍りつく。

こちらを見る。

「なんだと?」吐息のような声でつぶやく。

「本当よ」わたしは胸が張り裂けそうな気持ちで、説明する。「わたしが嘘をついていないのは感じ取れるでしょ」わたしは首をふる。「アダムはあなたの弟。あなたのお父さんは二重生活を送っていたの。彼はずっと前にアダムとジェイムズを捨てた。アダムのお母さんが亡くなったあとに」

ウォーナーはアダムを床に下ろす。

「まさか」ウォーナーはまばたきもしない。手を震わせて、ただ見つめている。

わたしはアダムのほうを見る。目のまわりが震えている。「いってあげて」わたしは必死で説得する。「彼に真実を話してあげて」

アダムはなにもいわない。

「アダム、ちゃんと話して!」

「おまえは知っていたのか?」ウォーナーがわたしをふり向く。「知っていながら、だまっていたのか?」

「話したかった――本当にすごく話したかった。でも、わたしが話すべきことじゃないと思って――」

「いいや」ウォーナーはわたしをさえぎり、首をふる。「いや、わけがわからない。どうして――だいたい、どうしてこんなことがありえるんだ?」顔を上げて、周囲を見る。「まさか、こんな――」

ウォーナーが動きを止める。

アダムを見る。

「本当のことをいってくれ」ウォーナーはまたアダムのほうへ歩いていく。彼を揺さぶりそうな勢いだ。「いいえ! わたしには知る権利がある!」

そのとたん、世界じゅうのあらゆる瞬間が死んだ。あらゆる瞬間は目覚め、自分たちがこの瞬間ほど重要ではないと気づいたのだ。

「本当だ」アダムが答える。

世界を変える三文字。

ウォーナーは片手で髪をつかんで、後ずさる。目をこすり、額をさすり、その手を口へ、さらに首へと滑らせる。呼吸が乱れている。「どうして?」ようやくたずねる。

そして、そのとき。

そして、そのとき。

真実が。

少しずつ。アダムから引き出される。ひと言ずつ。ほかのみんなはふたりを見つめ、ジェイムズはまだ眠っていて、わたしはだまりこむ。そんな状況で、ふたりの兄弟は、わたしがいままで見なければならなかった会話のなかで、もっともつらい会話をする。


ウォーナーは部屋の隅《すみ》にすわっている。アダムは別の隅《すみ》にいる。ふたりとも、ひとりにしてほしいと頼んだのだ。

そして、ふたりともジェイムズを見つめている。

ジェイムズは、相変わらず丸くなっていびきをかいている。

アダムは疲れきっているようだけれど、くじけてはいない。疲れてはいても、動転してはいない。解放されたように見える。もう眉間《みけん》にしわを寄せてはいない。両手を固く握りしめてもいない。ずいぶん長いあいだ見たことがないほど、落ち着いた顔をしている。

ほっとしているように見える。

いままで大きな重荷に押しつぶされそうになっていたかのようだ。まるで、いままでずっと、ウォーナーに真実を話せば、この新たな生物学的兄弟とのあいだに生涯にわたる戦いが始まると思っていたかのようだ。

けれど、ウォーナーはまったく怒らなかった。取り乱しもしなかった。

ただ、信じられないくらいショックを受けたのは確かだ。

ひとりの父親に、三人の息子。三人のうちのふたりは、危うくおたがいを殺してしまうところだった。自分たちの生まれた世界のせいで。自分たちに吹きこまれた、たくさんの言葉とたくさんの嘘のせいで。

言葉は種に似ている。幼い頃に、わたしたちの心に蒔《ま》かれた種だ。

わたしたちが成長するにつれて、種は心の深いところまでしっかり根を張る。良い言葉はよく育つ。よく茂り、わたしたちの心のなかに拠《よ》り所を見つける。そしてわたしたちの背骨を芯として幹を作り、わたしたちがひどく弱っているときに支えてくれる。不安に苛《さいな》まれているときに、足を踏ん張らせてくれる。けれど、悪い言葉は不健康に育つ。支えてくれるはずの幹はわたしたちをむしばみ、腐らせ、ついには虚《うつ》ろにして、自分自身ではなく他人の考えを植えつけられてしまう。わたしたちはそういう悪い言葉が実らせた果実を食べさせられ、首に巻きつく腕のような枝に捕らわれ、ひと言ずつじわじわと窒息させられていく。

アダムとウォーナーがジェイムズにどう話すつもりなのか、わたしは知らない。たぶん、ジェイムズがもっと大きくなって、出生の秘密を知ることで生じる問題に対処できる年齢になるまでは知らせないだろう。父親が大量殺戮《さつりく》をしてきた人物で、関わった人間をかたっぱしから殺してきた卑劣《ひれつ》な人物だと知ったら、ジェイムズはどうなるのだろう。わたしにはわからない。

やっぱり、だめ。

ジェイムズは知らないほうがいい。いまはまだ。

いまは、ウォーナーが真実を知っただけでじゅうぶんだと思う。

ウォーナーは同じ週に母親を失い、ふたりの弟をえた。つらいこととすばらしいことが、同時に起こったと考えたい。ウォーナーがひとりにしてくれといっていたのは知っているけれど、わたしは彼のそばに行かずにはいられない。その代わり、声をかけたりしないように、と自分に言い聞かせる。ただ、いまは彼のそばにいたい。

　というわけで、わたしはウォーナーの隣にすわり、壁に頭をあずけている。ただ息をしている。

「おまえはわたしに知らせるべきだった」彼がつぶやく。

　わたしは少し迷って、答える。「何度も知らせたいと思ったわ」

「知らせるべきだった」

「ごめんなさい」わたしはうつむき、声を落とす。「悪かったと思ってる」

　沈黙。

　さらに沈黙。

　やがて。

　小さなつぶやき。

「わたしにはふたりの弟がいたんだな」

　わたしは顔を上げて、彼を見る。

「ふたりの弟がいて」彼はまた話しだす、とても小さな声で。「そのうちのひとりを、もう少しで殺すところだった」

　彼の目は遠くの一点を見つめている。はるか遠くを見つめている。苦悩と混乱と後《こう》悔《かい》のようなものが眉間《みけん》のしわにあらわれている。

「なぜ気づかなかったのかと思うよ。彼はおまえに触れることができる。同じセクターに住んでいる。しかも、以前から彼の目には不思議と見覚えがあるような気がしていた。いまならわかる。あの目はわたしの父の目にそっくりだ」

彼はため息をつく。

「じつに耐えがたい不都合な真実だ。死ぬまでずっと、彼を憎むつもりでいたのに」

わたしははっとする。「それって……もうアダムを憎んでないってこと?」

ウォーナーはうつむき、やっと聞きとれるくらいの小さい声でつぶやく。「どうしてわたしに、彼の怒りを憎める? それがどこから来るのか、いやになるほどよくわかるのに」

わたしは呆然《ぼうぜん》と彼を見つめている。

「彼と父との関係がどんなものだったかは、容易に想像できる」ウォーナーは首をふる。「そんな状況で苦労して生き延びてきたことも、よくわかる。しかも、わたしより多くの人間性をたもったままで?」少し休む。「いや。彼を憎むことなどできない。それどころか、感心しているといってもいい」

わたしは泣きそうになる。

しんとしたまま数分が過ぎる。聞こえるのは、おがたいの息遣いだけ。

「さあ」ようやくわたしはささやき、彼に手を差し出す。「もう休みましょう」

ウォーナーはうなずいて立ち上がったものの、動かなくなる。混乱している。苦しんでいる。彼はアダムを見る。アダムも彼を見る。

ふたりは長いあいだ、見つめあう。

「すまない、行かせてくれ」ウォーナーはいう。

驚いて見ているわたしの前で、ウォーナーは部屋を横ぎっていく。とっさにアダムが立ち上がって身構え、展開が読めないという表情を浮かべる。それでもウォーナーが近づいていくと、アダムの態度がやわらいだように見えた。

ふたりは向かい合い、ウォーナーがなにか話しかける。

アダムは口元に力をこめ、床を見る。

アダムはうなずく。

ウォーナーはまだ話している。

アダムが息をのむ。またうなずく。

そして、顔を上げる。

ふたりの兄弟は長々と見つめ合う。やがてウォーナーがアダムの肩に片手を置いた。

わたしは夢を見ているに違いない。

ウォーナーはアダムとさらに二言三言、言葉を交わすと、片足でくるりと方向転換してその場を去った。

「アダムになんていったの？」エレベーターのドアが閉まったとたん、わたしはたずねる。

ウォーナーは大きく息を吸いこむ。なにもいわない。

「教えてくれないの？」

「ああ、そうしておきたい」彼は静かに答える。

わたしは彼の手を取り、ぎゅっと握る。

エレベーターのドアが開く。

「おまえにとっては、気まずいことにならないか？」ウォーナーは自分の質問に驚いたような顔をしている。そんなことをたずねる自分が信じられないみたい。

「なんのこと？」

「ケントとわたしが……兄弟だという事実だ」

「べつに」わたしは答える。「知ってからしばらくたつけれど、わたしにはなにも変わりはないわ」

「よかった」彼はつぶやく。

わたしはとまどいながら、うなずいている。

やがて寝室に入って、わたしたちはベッドにすわる。

「では、おまえは気にしないんだな？」

わたしはまだ、とまどっている。

「ケントとわたしがときどきいっしょにすごしても、かまわないんだな？」

「え？」わたしは聞き返す。信じられない気持ちを隠せない。「かまわないわよ」わたしは早口で答える。「当たり前じゃない――それどころか、素敵なことだと思う」

ウォーナーの目は壁を見つめている。

「でも……アダムといっしょにすごしたいと思ってるの？」わたしは彼に時間をあげようと、懸命に努力する。詮索《せんさく》したくないけれど、我慢できない。

「ああ、自分の弟のことを知りたい」

「ジェイムズのことも？」

ウォーナーは少し笑う。「そうだな。ジェイムズもだ」

「じゃあ……こうなってうれしい?」

彼は少しして答えた。「うれしくないことはない」

わたしは彼のひざの上に乗る。彼の顔を両手で包み、彼の目が見えるようにあごをそっと上げる。そして、おバカさんみたいにほほえむ。「わたしはすごく素敵なことだと思う」

「そうか?」彼はにやりとする。「それはおもしろい」

わたしはうなずく。何度もうなずく。そして彼に一度、とてもやさしくキスをする。

ウォーナーは目を閉じる。かすかにほほえむと、片頬《ほお》にえくぼができる。今度は考えこんでいるような表情だ。「まったく、奇妙なことになったな」

わたしは幸せで死んでしまいそうな気分になる。

ウォーナーはわたしをひざから抱き上げてベッドに横たえると、わたしの上になる。

「なにをそんなに喜んでいるんだ?」彼は笑いをこらえて、たずねる。「すっかりはしゃいでいるじゃないか」

「あなたに幸せになってほしいだけ」わたしは彼の目を探る。「あなたに家族がいてほしいの。あなたのことを思ってくれる人たちに、かこまれていてほしい。あなたにはその資格がある」

「わたしには、おまえがいる」彼は額をわたしの額にのせる。目を閉じている。

「わたしだけじゃなくて、もっとたくさんの仲間を持つべきよ」

「そんなことはない」彼はささやき、首をふる。彼の鼻がわたしの鼻をかすめる。

「そんなことあるってば」

「おまえはどうなんだ？　両親は？　親を探したいと思わないのか？」

「思わない」わたしは静かにいう。「親らしいことをしてもらったことはないもの。それに、わたしには友だちがいるから」

「わたしもいる」と彼。

「あなたも友だちよ」

「だが、親友ではない。おまえの親友はケンジだ」

彼の嫉妬《しっと》まじりの声に、わたしは一生懸命笑いをこらえる。「そうね、でも、あなたは大好きな友だちよ」

ウォーナーがかがみこむ。わたしの唇《くちびる》を避けて「それはよかった」とささやき、わたしの首にキスをする。「さあ、今度はうつ伏せになって」

わたしは彼を見つめる。

「ほら、いい子だから」彼はほほえむ。

わたしはゆっくり、のろのろとうつ伏せになる。

「なにしてるの？」わたしは彼をふり返る。

彼はわたしの体をそっと押し戻す。

「おまえに知ってほしいんだ」そういって、わたしの服のファスナーを引っぱる。

「おまえの友情を、わたしがどれだけ大切に思っているかを」だんだんファスナーが開き、肌が空気にさらされて、わたしは身震いをこらえる。

ファスナーが腰のあたりで止まる。

「だが、わたしの呼び方は考え直してもらいたい」ウォーナーはわたしの背中の真ん中に軽くキスをする。彼の手がわたしの肌を滑り、肩から袖《そで》をはずし、肩甲骨《けんこうこつ》や首の後ろにキスをしていく。「なぜなら、わたしの友情のほうが、ケンジの友情よりはるかに多くの利益をもたらすからだ」

わたしは息ができない。できない。

「そう思わないか？」

「ええ」わたしは早口で答える。「思うわ」

そのとき、わたしはくらくらして、感覚に溺《おぼ》れながら考える。わたしたちはすぐに、こんなひとときを失うことになる。またこんなひとときを持てるようになるまで、どれだけ長い時間がかかるのだろう。

　わたしたちが、彼とわたしが、どこへ向かっているのかはわからないけれど、わたしはそこにたどりつきたいと思っている。わたしたちは同じ秒に手を伸ばす時間と分。手を取り合って回転しながら、新たな日々とより良いなにかが待つ未来へと進んでいく。

　ただし、わたしたちはこれまでのことを知っているし、これから先のこともいずれ知るだろうけれど、現在を知ることはけっしてない。この瞬間も、次の瞬間も、現在だったはずの瞬間さえも過ぎていき、すでに消え、残されたものはわたしたちの疲れた体だけ。それが、わたしたちがその時間を生き抜き、生き延びてきたというただひとつの証拠だ。

　それでも、やっぱり価値はあると思う。

　こんな一生のために戦う価値はある。


　一日たった。

「一丁、ほしいんだけど」わたしはトレーニングルームで、銃のならぶ壁を見ている。

「いちばんいいのは、どれ?」

ちょうど今朝、ドゥラリューが知らせを持ってきてくれた。総督《そうとく》が到着したらしい。海からジェット機でやってきたという。けれど、いまは停泊中の第45セクターの軍艦に乗っている。

総督《そうとく》には親衛隊が付き従っている。まもなく総督《そうとく》の軍隊もあらわれるだろう。ときどき、わたしたちは死なずにいられるのか、自信がなくなる。

「おまえに銃はいらないだろう」ウォーナーが驚く。「もちろん持っていくのはかまわないが、おまえに銃が必要だとは思えない」

「二丁ほしいの」

「わかったよ」ウォーナーは笑う。笑ったのは彼だけ。

ほかのみんなは、恐怖にとらわれる前のひとときに凍りついている。だれもが楽観的でいようとしているけれど、やっぱり不安なのだ。ウォーナーはすでに部隊を召集しているし、市民たちにもすでに伝えてある。わたしたちに加勢したい人々のためには、武器と弾薬の供給所が設置されている。第45セクターの住民であることを証明するRRカードを提出しさえすれば、だれでも仲間として迎える。戦闘に参加できない

——あるいは参加しない——人や子どもたちには、兵舎内に避難所と休憩所が用意してある。ここに避難して、流血沙汰《ざた》が終わるまで待っていればいい。

　こうした戦闘以外の仕事は、すべてウォーナーが手配してくれた。

「また、総督《そうとく》が爆撃で皆殺しにしようとしたらどうする？」イアンが沈黙を破った。「オメガポイントのときみたいに？」

「それはない」ウォーナーが答える。「彼はかなり傲慢《ごうまん》な人間だ。しかも、この戦いは個人的なものになっている。彼はわれわれをもてあそびたがるだろう。戦闘をできるだけ長く引き延ばしたがるはずだ。昔から、人を苦しめることに目がない男だ。この戦いを楽しもうとするだろう」

「了解、おかげでずいぶん気が楽になった」ケンジがいう。「激励の言葉をありがとよ」

「礼はいらない」とウォーナー。

　ケンジはほとんど笑っている。笑っているといっていい。

「それで、総督《そうとく》は軍艦にいるんですね？」ウィンストンがたずねる。「このセクターに停泊中の？」

「ああ、わたしはそう理解している」ウォーナーは答える。「通常なら、総督《そうとく》は基地に滞在するが、現在は基地にいるわれわれが敵のため、少々問題がある。どうやら、国じゅうの兵士に移動許可をあたえ、自分のもとへ合流させようとしているらしい。総督《そうとく》には首都を守る兵士たちだけでなく、総督《そうとく》付きの親衛隊もいるが、さらに国じゅうから兵士を集めようとしている。すべては見せつけるためだ。そこまで大量の兵士が必要なほど、こちらの人数は多くない。総督《そうとく》はただ、われわれを震えあがらせるためだけに兵士を集めているのだ」

「へえ、その作戦は成功だね」とイアン。

「それから」わたしはウォーナーにたずねる。「総督《そうとく》が戦場に来ないというのは、確実なの？　ぜったいといいきれる？」それがこの計画でいちばん重要なところだ。いちばん危険なところだ。

ウォーナーはうなずく。

アンダースン総督《そうとく》は自分のしかけた戦争で戦うことはけっしてない。自分の顔を見せることはぜったいにない。その臆病《おくびょう》さこそ、わたしたちにとって最大の利点だ。彼は自分の命を狙われるという予測はできるかもしれないけれど、姿の見えない人間に攻撃されることまでは予測がつかないだろう。そうであってほしい。

ウォーナーは軍隊を指揮しなくてはならない。キャッスル、ブレンダン、ウィンストン、リリー、アーリア、そしてアダムは、彼をサポートする。ジェイムズは基地に残ることになるだろう。

けれど、わたしとケンジは、総督《そうとく》のところへ向かう。

そしていま、こちらの準備は整った。能力を生かす特別な服を着て、武器を持ち、たっぷりカフェインを摂《と》った。

銃に弾《たま》をこめる音がした。

わたしははっとふり向く。

ウォーナーがこちらを見ている。


出発だ。


ケンジがわたしの腕をつかむ。

ほかのみんなはエレベーターで上に上がって、ウォーナー専用エリアから出ていくことになっているけれど、ケンジとわたしはだれにも気づかれないように裏へ向かう。

全員に、兵士たちにも、わたしとケンジは戦闘の真っ只中にいると思ってほしい。わたしたちはすぐ姿を消すので、みんなの前に現れるわけにはいかない。わたしたちがいないことは、だれにも気づかれたくない。

わたしとケンジはみんなから離れ、仲間がエレベーターに乗りこんでメインフロアへ上がっていくのを見送る。エレベーターのドアが閉まって、ジェイムズはひとり残されても、まだ手をふっている。

一瞬、わたしの心臓が止まる。

ケンジはジェイムズにさよならのキスをする。ジェイムズの頭のてっぺんに、派手な音を立てて気持ち悪いキスをする。「ここをしっかり守ってくれ、いいな？」ケンジはジェイムズにいう。「もし、だれか入ってきたら、蹴《け》り出してほしい」

「まかせといて」ジェイムズは笑って、泣いていないふりをする。

「マジでいってんだぞ。まず力いっぱいぶん殴れ。頭がおかしくなったみたいに、めちゃくちゃにぶん殴れ」ケンジは両手をふり回して、おかしな見本を見せる。「いいか、とんでもなくイカれたやつみたいに戦え。イカれた野郎は、イカれた戦法でやっつけるんだ――」

「ジェイムズ、ここにはだれも入ってこないわ」わたしはケンジをじろりとにらむ。

「自分の身を守る心配なんてしなくていいのよ。ここにいれば、百パーセント安全だから。それに、わたしたちはかならず戻ってくる」

「ほんと？」ジェイムズがわたしに目を向ける。「みんな？」

かしこい子だ。

「もちろん」わたしは嘘をつく。「わたしたち全員、戻ってくるわ」

「わかった」ジェイムズはつぶやき、震える下唇《したくちびる》を嚙む。「がんばってね」

「涙はいらねえぞ」ケンジがジェイムズを荒っぽく抱きしめる。「おれたちはすぐ戻ってくる」

ジェイムズはうなずく。

ケンジは腕を離す。

そして、わたしとケンジは銃のならぶ壁にあるドアへ向かう。


最初がいちばん難しい。港までの道のりは、ほとんど徒歩。乗り物を盗む危険は冒せない。たとえケンジが戦車を見えなくできたとしても、乗り捨てた時点で戦車はまた見えるようになってしまうし、港にだれが乗ってきたかわからない戦車が止まっていれば、わたしたちが来たのがバレてしまう。

アンダースン総督《そうとく》の居場所は、万全の警備態勢が敷かれているに違いない。

ケンジとわたしは無言で進む。総督《そうとく》は港にいるだろうとドゥラリューから聞いた。ケンジはそこがどこか知っていた。ウォーナーとアダムとキャッスルも知っていたし、わたし以外のほぼ全員が知っていた。「ああいう軍艦にいたことがあってよ」ケンジはいっていた。「短い期間だけどな。素行不良の罰で」にやりと笑う。「あのあたりにはくわしいんだ」

わたしはケンジの腕につかまり、リードしてもらう。

今日より寒い日はいままでなかったと思う。空気がこんなに凍てついているのは、初めてだ。


この船は小さな都市のように見える。大きすぎて、端が見えない。周囲を見回し、侵入の可能性を検討する。

徹底的に困難。

ほぼ不可能。

それが、ケンジの意見だ。

そうかもしれない。

「くそっ。バカげてる。ここまで厳しい警備体制は見たことがねえ。こりゃ、鉄壁だ」

そのとおりだった。どこを見ても、兵士がいる。陸にも。入り口にも。甲板《かんぱん》にも。しかも全員が重武装で、拳銃二丁と簡素なホルスターを身に着けただけの自分がバカみたいに思える。

「それで、どうすればいいの？」

ケンジは一瞬だまってから、たずねる。「泳げるか？」

「え？　まさか」

「ちっ」

「海に飛びこむなんて無理よ、ケンジ――」

「けど、空を飛べそうにはねえし」

「戦うっていうのはどう？」

「はあ、イカれてんのか？　二百人の兵士を相手にできるかよ？　おれは確かにかなりのイケメンだが、あいにくブルース・リーじゃねえ」

「ブルース・リーって、だれ？」

「〝ブルース・リーって、だれ〟？」ケンジはぞっとした顔をする。「マジかよ。あんたとはもう友人にはなれねえな」

「どうして？　その人、ケンジの友だち？」

「あのなあ」ケンジはあきれる。「もういい。だまれ――話す気にもなれねえ」

「ところで、どうやってなかに入るの？」

「知るか。あの連中を全員、船から落とすことでもできりゃ入れるだろうよ」

「えっ」わたしは息をのむ。「まさか。ケンジ――」わたしは彼の見えない腕をつかむ。

「おっと――そいつはおれの脚だ――少しばかり強く握りすぎてるぞ、プリンセス」

「ケンジ、わたしなら彼らを船から落とせるわ」わたしは無視していう。「ただ、海に突き飛ばせばいいんだもの。それでうまくいく？」

沈黙。

「ねえ？」とわたし。

「おれの脚から手を離してくんねえか」

「あっ」わたしはあわてて手を引っこめる。「で？　どう思う？　うまくいくと思う？」

「あったりめえだ」ケンジは怒ったようにいう。「すぐ、やってくれ。いますぐ」

わたしはやる。

後ろに下がり、すべてのエネルギーを両手に集める。

力のコントロール、完了。

手の方向、良し。

エネルギー、投射。

わたしはテーブルの上を払うように、腕を動かす。

すべての兵士が軍艦から払い落とされた。

ここからだと、ほとんど滑稽《こっけい》に見える。まるで、おもちゃの兵隊を机から払い落したみたい。兵士たちは水面でぷかぷかしながら、いったいなにが起こったのかと首をひねっている。

「行くぞ」いきなりケンジがいい、わたしの腕をつかむ。わたしたちは素早く前進して、長さ三十メートルの栈橋《さんばし》に下りる。「連中もバカじゃねえ。だれかが警報を鳴らすだろうし、そうなったらあっというまに出入口を封鎖されちまう。完全封鎖されるまで、おれたちの持ち時間はおそらく一分だ」

わたしたちは全力で走る。

全速力で栈橋《さんばし》を走り、船の甲板《かんぱん》によじのぼる。ケンジがわたしの腕を引っぱって、行くべき方向を教えてくれる。ふたりとも、これまでになく、おたがいの体を意識している。姿は見えなくても、わたしにはすぐそばの彼の存在をほとんど感じとれる。

「この下だ」ケンジの大声に下を見ると、円形の小さい穴があって、なかに入るためのはしごがついていた。「おれが先に入る。五秒後に下りてこい！」

警報が鳴りだした。遠くでサイレンもひびいている。船は栈橋《さんばし》にしっかり固定されているけれど、海はどこまでも広がって水平線の向こうへ消えていく。

五秒。

わたしはケンジのあとを追って下りていく。


ケンジがどこにいるのか、まったくわからない。

下りてきたところは、狭苦しくて閉所恐怖症になりそう。こちらへ走ってくるたくさんの足音や、通路にひびく怒号や叫び声が聞こえる。甲板《かんぱん》の上でなにかあったと気づいたに違いない。わたしはパニックにならないように必死でこらえているけれど、どうすればいいのかもわからない。

まさか、ひとりで活動することになるとは思わなかった。

ずっと小声でケンジの名前を呼んで返事があるのを期待しているけれど、なんの反応もない。こんなに早くケンジとはぐれてしまうなんて、信じられない。とはいえ、少なくとも、わたしの姿はまだ消えたままだ。ということは、彼は十五メートル以内にいるはず。けれど、いまはすぐ近くに兵士たちが来ていて、動きがとれない。わたしがいることに――ケンジがいることにも――気づかれてしまうようなことは、なにもできない。

わたしはなんとしても冷静でいなければならない。

問題は、自分がどこにいるかわからないこと。自分の見ているものがなんなのかわからないこと。いままでボートにさえ乗ったことがないのだ。こんなに巨大な軍艦なんて、未知の世界だ。

それでも、周囲の状況を把握しようと努力するしかない。

わたしが立っているのは、長い通路のような場所の真ん中だ。床と壁、頭上の低い天井にも、木製のパネルが張られている。壁には、約一メートルおきに小さいくぼみがある。

きっとドアがあるんだわ。

ドアはどこへ通じているんだろう？　わたしはどこへ行くべきなの？

荒々しいブーツの足音がだんだん近づいてくる。

心臓の鼓動《こどう》が速くなる。わたしは壁に張りついてみる。けれど通路が狭すぎて、いくら姿が見えなくても、気づかずに通りすぎてくれるとは思えない。もう兵士たちの姿が見える。指示を飛ばす声も聞こえる。このままでは、まもなく、まっすぐわたしにぶつかってきてしまう。

わたしは後ろ向きで、できる限りの速さで走りだす。つま先に体重をかけ、なるべく音を立てないように走る。ところが、やがて急停止した。背中が壁にぶつかったのだ。次々に兵士が通路を走ってくる。なにかを警戒しているのは明らかだ。一瞬、わたしは心臓が止まった気がした。ケンジはだいじょうぶだろうか？

けれど、わたしの姿が消えたままでいるかぎり、彼は近くにいるはずだ。生きているはずだ。

わたしがその希望にすがっているあいだも、兵士たちは近づいてくる。

わたしは左を見る。右を見る。兵士たちはわたしに気づかないまま、距離をせばめてくる。彼らがどこへ向かっているのかはわからない――ひょっとしたら、上の甲板《かんぱん》かもしれない――けれど、早く行動しなければ。いま気づかれるわけにはいかない。

彼らと戦うのは、まだ早い。アーリアは、わたしが特殊能力をオンにしてさえいれば銃弾にも耐えられると保証してくれたけれど、前に胸を撃たれたときのことがトラウマになっている。撃たれる危険はできるだけ避けたい。

だから、思いついた唯一のことをする。

壁のくぼみのひとつに飛びこんで、両側に手をつき、背中をドアに押しつける。どうかお願い、お願いだから、この部屋にだれもいませんように。内側からドアを開けられたら、おしまいだ。

兵士たちが近づいてくる。

わたしは息を止めて、やりすごす。

ひじが、わたしの腕をかすめた。

心臓が胸から飛び出しそうになる。兵士たちがいなくなったとたん、わたしはくぼみから出て通路を駆けだした。通路を進んでいくと、さらに多くの通路が現れる。まるで迷路だ。自分がどこにいるのか、なにが起きているのか、さっぱりわからない。

アンダースンの居場所を見つけだす手がかりは、ひとつもない。

しかも、兵士たちはどんどんやってくる。どこにでもいて、とつぜん現れては、いなくなる。わたしは角で引き返したり、くるりと方向転換したりして、全力で兵士たちを避ける。ところがそのとき、自分の手に気づいた。

手が見える。

わたしは悲鳴を噛み殺す。

壁のくぼみに飛びこんで、姿を隠す。すっかり不安と恐怖にかられている。ケンジになにがあったのかわからない。自分もこれからどうなるのかわからない。バカなことをしてしまった。わたしはいったい、なにを考えていたんだろう。

こんなことが成功すると思っていたなんて。

ブーツの音。

騒々しい足音がこちらへ向かってくる。わたしは覚悟を決めて恐怖をふり払い、できる限り攻撃に備える。もう、気づかれずにやりすごすことは不可能だ。エネルギーを呼び覚ましてたくわえる。湧き上がるエネルギーに体が脈打ち、力強い興奮が全身を駆けめぐる。ここにいるあいだ、この状態を維持できれば、自分の身を守れるはずだ。戦い方なら知っている。相手の武器を奪って、武装解除させることもできる。そういうことなら、じゅうぶん学んできた。

それでもやっぱり、とても怖い。いまほどトイレに行きたいと思ったことはない。

考えなさい――わたしは自分にいい聞かせる。考えて。わたしにできることはなに？　どこへ行く？　アンダースンはどこに隠れていると思う？　もっと奥？　もっと下？

この船でいちばん大きい部屋はどこ？　上のほうではないのは確かだ。下へ行くのよ。

でも、どうやって？

兵士たちがだんだん近づいてくる。

ここにならんでいる部屋には、なにがあるんだろう？　このドアはどこへ通じているんだろう？　ただの部屋だったら、行き止まりだ。けれど、もっと大きなスペースへの入り口だとしたら、チャンスがあるかもしれない。ただし、もし人がいれば、確実に困ったことになる。ここは危険を冒すべきだろうか？

怒号。

叫び声。

銃声。

見つかってしまった。

後ろのドアをひじで突くと、板が飛び散った。わたしは回れ右をして、残りの板をたたき落とし、怒りにまかせてドアを蹴《け》りつける。その部屋がただの小さい燃料庫で行き止まりだとわかるとすぐ、頭に浮かんだ唯一の行動に出た。

跳ぶ。

着地。

その勢いで床を突き破る。

転がって受け身をとり、すばやく体勢を立て直す。わたしを追って、兵士たちが怒鳴りながら飛び下りてくる。わたしはドアを引き開け、通路を駆けだす。そこらじゅうで警報が鳴りひびき、うるさすぎてろくに考えられない。靄《もや》のなかを走っているような気分だ。赤色灯の警報機が通路のあちこちで次々に作動し、侵入者の存在を知らせ、叫び、がなりたてている。

ひとりでなんとかするしかない。

走ってさらにいくつもの角を曲がり、カーブを回りながら、この階と上の階との違いをつかもうとする。なんの違いもないみたい。まったく同じに見えるし、兵士たちも同じくらい攻撃的だ。

いまでは遠慮なく撃ってくる。耳をつんざく銃声が、鳴りひびくサイレンとぶつかりあっている。わたしはまだ自分の耳が聞こえるのかどうかも、わからない。

いつまでも弾丸に当たらずにいられるとは思えない。

統計的にいっても、これだけ多くの兵士が至近距離にいて、一発もわたしに命中させられないなんて不可能だと思う。そんなこと、ありえない。

わたしはまた、床を踏み抜く。

今度は両足で着地。

しゃがんで周囲を見回すと、初めていままでとようすの違うフロアに来たのがわかった。ここの通路はもっと広く、ドアとドアの間隔も上の階より離れている。ケンジがここにいてくれたらいいのに。これがなにを意味するのか、フロアによってなにが違うのかわかったらいいのに。どこへ向かえばいいのか、どこから見ていけばいいのか、わかったらいいのに。

ドアを蹴《け》り開ける。

なにもない。

前へ走って、別のドアを蹴る。

なにもない。

わたしは走りつづける。だんだん船の内部構造がむき出しになってきた。機械、配管、鋼鉄製の梁《はり》、巨大なタンク、噴き上がる蒸気。来る方向を間違ってしまったに違いない。

けれど、この船にいったいいくつのフロアがあるのかわからないし、このまま下へ進みつづけられるのかどうかもわからない。

わたしはまだ標的になっていて、いまのところ兵士たちよりほんの少し先にいるだけ。急なカーブを横滑りして曲がり、背中を壁に張りつけながら、見つからないことを祈っていくつもの暗い角を曲がっていく。

ケンジはどこ？　心のなかでずっと問いかけている。ケンジはどこにいるの？

この船の反対側へ行かなきゃ。ボイラー室やウォータータンクに用はない。ぜったい、ここじゃない。船のこちら側は、わたしの探しているところとはなにもかも違う。ドアさえ違う。このあたりのドアは木製ではなく、スチール製だ。

いちおう確認のために、いくつかのドアを蹴り開ける。

無線室、だれもいない。

会議室、だれもいない。

こんなのじゃない。わたしが探しているのは、ちゃんとした部屋だ。広いオフィスと居住エリアだ。アンダースンがこんなところにいるわけがない。うなるエンジンやガス管のあるところなんかで、見つかるわけがない。

わたしは新たな隠れ場所からそっと出て、首を伸ばして通路をのぞく。

怒号。叫び声。

銃声。

わたしは引っこんで、深呼吸する。すべてのエネルギーを総動員して、コントロールする。こうなったら、アーリアの説を試してみるしかない。

わたしは通路に飛び出し、突進する。

いままでやったことがないくらい、全力で疾走する。弾丸が頭をかすめ、体や顔や腕にバラバラ当たるなか、わたしは強行に走りつづける。呼吸をつづけ、痛みや恐怖をはねのけ、命綱につかまるように自分のエネルギーにしがみつき、なにがあっても止まらない。兵士たちを踏み越え、ひじで殴り倒し、よけいなことはせずにひたすら押しのけて突き進む。

わたしを倒そうと飛びかかってきた三人の兵士を、まとめて突き飛ばす。また走りだしてきたひとりの顔面を殴りつけると、金属製のメリケンサックに当たって鼻の骨が折れる手ごたえがあった。後ろからわたしの腕をつかもうとした別の兵士の手をつかんで握りつぶし、さらに前腕をつかんで引き寄せて、壁に叩きつける。兵士は壁を突き抜けた。そこでさっと残りの兵士たちに向き直ると、彼らは恐怖とパニックの入り混じった目でまじまじとこちらを見つめている。

「かかってくれば？」わたしはいい放つ。血と切迫感と猛烈なアドレナリンが全身を駆けめぐっている。「できるものなら、かかってきなさい」

彼らのうちの五人がこちらに銃口を向け、わたしの顔に狙いを定める。

そして、撃つ。

何度も、何度も、何度も、発砲する。本能が弾丸から身を守ろうとするけれど、わたしは拒否して目の前の兵士たちに集中する。ひとりひとりの体と怒りとゆがんだ顔に集中する。一瞬目を閉じる。体にぶつかってくる弾丸の雨で、向こうが見えない。やがて準備ができて胸の前で拳《こぶし》を握ると、わたしのなかに湧《わ》き上がってきた力を、前に向かって一気に投げる。七十五人の兵士がマッチ棒のようにばらばらと倒れていく。

わたしはひと息入れる。

呼吸で胸は大きく上下し、心臓は激しく鼓動《こどう》している。混乱のなかに静けさを感じる。警報装置の赤色灯の光にまばたきしながらあたりを見回すと、兵士たちが見動きもしないことに気づいた。まだ息はある。意識を失っているだけだ。わたしはほんの一瞬、下を向くことを自分に許す。

かこまれていた。

弾丸だ。数百個の弾丸。弾丸の海が、わたしの両足をかこんでいる。わたしの服からばらばらと落ちている。

顔からも。

口のなかに冷たい固い物があるのを感じて、手に吐き出す。つぶれて壊れた金属片のようだ。柔らかすぎて、わたしの体を貫けなかったらしい。

生意気なちっちゃな弾丸。

それから、わたしは走りだす。


通路は静かになった。聞こえてくる足音は、前より少ない。

わたしはすでに二百人の兵士を海に放りこんだ。

さらに、百人の兵士を倒した。

アンダースンがあとどれだけの兵士にこの船の警備をさせているのかは、わからない。それでも、わたしは見つけだす。

荒い呼吸をしながら、迷路のような船内を進む。戦い方も自分の力を投射することも覚えたのに、悲しいことに走り方を知らない。

強大な力を持つ人間にしては、体力がない。

最初に目に入ったドアを蹴《け》り開ける。

次のドアも。

その次のドアも。

アンダースンを見つけるまで、この船を片っ端から引き裂いてやる。必要なら、この二本の手でずたずたにしてやる。彼は双子のソーニャとセアラを人質にしている。

そしてたぶん、ケンジも。

まず、三人の安全を確保する。

次に、アンダースンを殺す。

わたしは次のドアをばらばらに破壊する。

次のドアを足で蹴る。

どこも空だ。

通路の突き当たりに両開きのスイングドアを見つけ、入っていく。なにか、なんでもいいから、人の形跡があることを祈って。

キッチンだ。

ナイフ、コンロ、食料、テーブル。何列もならぶ缶詰。あとでこれを取りに来ること、と頭のなかでメモをする。これだけの食料を無駄にするなんて、とんでもない。

スイングドアから通路へ飛び出す。

そして跳び上がる。思いきり。床を踏み抜き、船内にまだ別のフロアがあることを祈る。

祈る。

つま先から下手な着地をしてしまい、わずかにバランスを崩して後ろに転びそうになる。それでも、なんとか体勢を立て直した。

周囲を見回す。

ここだ。きっとここだ。さっきまでの場所とはまるで違う。

ここの通路は広く、壁には外を見られる窓がならんでいる。床はまた木製になり、敷き詰められた細長い板はぴかぴかに磨かれている。ここはちゃんとしている。見た目も上等で清潔だ。サイレンの音もくぐもって聞こえる。脅威《きょうい》は遠くにあって、ここまでは影響しないかのようだ。わたしは目的の場所に近づいているに違いない。

足音が勢いよく近づいてくる。

わたしははっとふり返る。

ひとりの兵士がこちらへ突進してくる。今度は、わたしは隠れない。あごを引き、兵士へ向かって走る。右肩から兵士の胸にぶつかる。兵士は通路の向こうへ吹っ飛んだ。

後ろから、だれかがわたしを撃とうとする。

わたしはふり向き、まっすぐその兵士のところまで歩いていく。ハエを追い払うように顔から弾丸を払いのけ、兵士の両肩をつかんで引き寄せ、股間《こかん》を蹴《け》り上げる。兵士は体を折り曲げ、あえいだりうめいたりしながら床で丸くなった。わたしはかがんで兵士の手から銃をもぎとり、彼のシャツをつかんで片手で持ち上げる。そして乱暴に壁に押しつけ、彼の額に銃口を突きつける。

もう、待つのはうんざり。

「彼はどこ?」

兵士は答えない。

「どこ?」わたしは怒鳴る。

「し、知らない」やっと答えた兵士の声は震え、わたしにつかまれた体もぴくぴく引きつっている。

わたしはなぜか、その答えを信じる。兵士の目からなにかを読みとろうとしても、恐怖しか見当たらない。わたしは兵士を床に落とし、銃を手のなかでつぶして彼のひざの上へ投げ捨てる。

また別のドアを蹴《け》り開ける。

だんだんいらいらしてきて、とても腹が立ち、ケンジの身が心配でたまらなくなってきて、体が激しい怒りに震えている。まず、だれを探すべきなのかもわからない。

ソーニャ。

セアラ。

ケンジ。

アンダースン。

くじけそうになりながら、また別のドアの前に立つ。兵士たちはいつのまにか来なくなった。サイレンはまだ鳴りひびいているけれど、いままでは遠くから聞こえるだけだ。とつぜん、こんなことをしても無駄なんじゃないかという気持ちに襲われる。ひょっとしたら、アンダースンはこの船に乗っていないのかもしれない。もしかしたら、侵入する船を間違えたのかも。

わたしはなぜか、今度のドアは蹴《け》ろうと思わなかった。

そしてなぜか、ドアハンドルを回してみることにする。


鍵はかかっていなかった。


巨大なベッドと、美しい海の見える大きな窓がある。素敵な部屋といってもいい。なにもかもが広々とゆったりしている。そんな部屋よりもっと素敵なのは、そこにいる人たちだ。

治療者《ヒーラー》の双子ソーニャとセアラが、こちらを見ている。

ふたりとも元気そうだ。ちゃんと生きている。

以前と変わらず美しい。

わたしは安堵《あんど》のあまり泣きじゃくりそうになりながら、ふたりに駆け寄る。

「だいじょうぶ?」気持ちを抑えきれず、息を切らしてたずねる。「どこも怪我《けが》はない?」

双子はわたしの腕のなかに飛びこんでくる。まるで地獄から生還したかのようだ。精神的にとても苦しんでいたようだ。わたしの望みは、ふたりをこの船から連れ出して仲間のところに連れて帰ることだけ。

けれど、最初の興奮状態がおさまってくるとすぐ、ソーニャが心臓の止まりそうなことを口にした。

「ケンジがあなたを探してる。少し前にここに来て、ジュリエットを見なかったか聞かれたわ――」

「ケンジはあなたとはぐれたといってた」セアラもいう。

「それと、あなたの身になにがあったかわからないって」とソーニャ。

「死んでしまったんじゃないかって、すごく心配してた」ふたりいっしょにいう。

「そんなわけないじゃない」わたしは頭がおかしくなりそうになる。「もうっ、わたしは死んでないってば。でも、行かなきゃ。あなたたちはここにいて」双子にいい聞かせる。「動かないで。どこへも行かないで。すぐ戻るって約束するから。わたしはケンジを探しに行かなきゃ――アンダースンを見つけださなきゃ――」

「総督《そうとく》なら、ふたつ隣の部屋にいるわ」セアラは目を見開く。

「青いドアよ」双子は声をそろえる。

「待って！」わたしが行こうと背を向けると、ソーニャが止めた。

「気をつけて」セアラがいう。「怖い噂《うわさ》を聞いたの――」

「総督《そうとく》がいつも手離さない武器の噂《うわさ》」とソーニャ。

「どんな武器？」わたしの胸の鼓動《こどう》が遅くなる。

「わからない」と双子。

「でも、総督《そうとく》はとても喜んでた」セアラが小声でいう。

「そうなの、すごく喜んでた」ソーニャもいう。

わたしは両の拳《こぶし》を握りしめる。

「ありがとう。ありがとう――すぐ戻るわ。ほんとにすぐ――」わたしは後ずさりで部屋を出て、通路を走る。後ろから、双子がわたしの安全と幸運を祈って励ます声がする。

けれど、もう幸運はいらない。必要なのは、このふたつの拳《こぶし》と鋼《はがね》の勇気だ。青いドアの部屋へ行くのに、ぐずぐずしたりはしない。もう怖くなんかない。

わたしはためらわない。迷わない。もう二度と。

ドアを蹴《け》り開ける。

「ジュリエット――危ない――」


ケンジの声が、喉元《のど》へのパンチのように飛んできた。

わたしはまばたきする暇もなく、壁に吹っ飛ぶ。

背中が、背中がおかしい。激痛が走った。骨が折れたのかもしれない。めまいがして、感覚が鈍くなる。頭はくらくらするし、奇妙な耳鳴りがしている。

なんとか立ち上がる。

また、すさまじい衝撃《しょうげき》に襲われる。痛みがどこから来るのかも、わからない。混乱をふり払おうにも、すばやくまばたきができず、頭もすぐぐらついてしまう。

なにもかもが傾いている。

わたしは懸命に頭をすっきりさせようとする。

こんなことで負けはしない。わたしのほうが強い。わたしは不滅のはず。

もう一度、立ち上がる。

ゆっくりと。

なにかがとてつもない勢いでぶつかってきて、わたしは部屋の向こうへ飛ばされ、壁に叩きつけられる。ずるずると床に滑り落ちる。体を折り曲げ、両手で頭を抱え、まばたきしようとする。なにが起きているのか理解しようとする。

わたしに打撃をあたえられるものなんて、見当もつかない。

しかも、あんなに強く。

あんなに激しく打ちのめせるものなんて、あるわけない。何度もくり返し攻撃してこられるものなんて、ありえない。

名前を呼ばれている気がするけれど、耳が聞こえないみたい。なにもかもがぼんやりしていて、つかみどころがなく、不安定。そこにあると思ったら、するりと手の届かないところへ逃げてしまい、わたしには見つけることも感じることもできない気がする。

新しい作戦が必要だ。

今度は立ち上がらない。両ひざをついたまま前へ這《は》っていき、衝撃《しょうげき》が来たら撃退しよう。わたしは自分のエネルギーを力いっぱい前方へ押しだそうとする。ところが、さっき頭に受けた衝撃《しょうげき》のせいで、ふらついてしまう。死に物狂いで自分のエネルギーにしがみつく。とても前には進めないけれど、吹っ飛ばされることもない。

頭を上げてみる。

ゆっくりと。

前にはなにもない。機械もない。これだけ強力な衝撃《しょうげき》を作りだせそうな未知の物質も見当たらない。わたしは耳鳴りに苛《さいな》まれながら必死でまばたきして、懸命に視界をはっきりさせようとする。

また、なにかがぶつかってきた。

恐ろしい衝撃《しょうげき》に後退させられそうになり、床に指をめりこませる。指は床板を突き破り、わたしはしっかりと床にしがみつく。

声が出せたら、叫んでいただろう。

わたしはまた頭を上げる。もう一度、目の前を見ようとする、
すると今度は、ふたりの人影が見えた。

ひとりは、アンダースン。

もうひとりは、知らない人。

がっしりした男で、金髪を短く刈り、冷酷な目をしている。なんとなく見覚えがある。アンダースンの隣に立ち、気取った笑みを浮かべて両手を前に伸ばしている。

そのまま手を叩く。

一度だけ。

わたしは床から引きはがされ、後ろに飛ばされて壁に叩きつけられる。

音波だ。

さっきからぶつかってくるのは、圧力波だ。

アンダースンはおもちゃを見つけた。

わたしがまた頭をふってすっきりさせようとすると、襲ってくる圧力波がさっきより早くなってきた。威力も激しさも増していて、目を閉じるしかない。わたしは床板に指を突き立ててしがみつきながら、懸命に這《は》おうとする。

また衝撃《しょうげき》。

すごい力で頭にぶつかってくる。

彼が手を叩くたびに爆発が起きているみたいだけれど、わたしを苦しめているのは爆発じゃない。爆発からは直接的な影響を受けていない。問題は、爆発で発生する圧力波だ。

圧力波は何度も何度もくり返し襲ってくる。

これだけの攻撃にさらされてもまだ生きていられる理由は、ひとつしか知らない。

わたしが並はずれて強いからだ。

でも、ケ、ケ、ケンジは？

ケンジはこの部屋のどこかにいるに違いない。さっき、わたしの名前を呼んで警告しようとしたのは、ケンジだ。彼はこの部屋にいるはず。どこかにかならず。わたしでさえ、この攻撃にかろうじて生き延びられているだけだとしたら、彼はいったいどうなっているだろう？

わたしよりひどい状態に違いない。

ずっとひどいはずだ。

その恐怖でじゅうぶんだった。新たな種類の力が生まれ、わたしはさらに強くなる。死に物狂いの動物的な獰猛《どうもう》さがわたしを支配し、まっすぐ立たせる。顔に圧力波を受けても、そのたびに頭が激しく揺さぶられ、耳鳴りがしても、なんとか持ちこたえる。

そして歩く。

一歩ずつ、歩く。

銃声が聞こえた。三発。さらに五発。すべてこちらに向けられたものだとわかる。弾丸はわたしの体にぶつかって落ちていく。

金髪の男が動いている。後退している。わたしから逃げようとしている。わたしを吹き飛ばそうと攻撃の頻度《ひんど》を上げている。けれど、わたしは負けられないところまで来てしまった。もう考えてさえいない。ほとんど理性もない。ただ彼を捕えて永遠にだまらせることだけに集中している。彼がもうケンジを殺してしまったのかどうかはわからない。自分が死にかけているのかどうかもわからない。いつまでこれに耐えられるのかもわからない。

それでも、やってみるしかない。

あと一歩、と自分にいい聞かせる。

脚を動かして。さあ、足も。ひざを曲げて。

あと、もう少しよ。

ケンジのことを考えて。ジェイムズのことを考えて。あの十歳の少年に約束したことを思い出して。ケンジを連れて帰るのよ。あなたも帰るの。

ほら、金髪の男は目の前よ。

わたしは雲のなかに手を突っこむように手を伸ばし、男の首をつかむ。

そして絞める。

音波が止まるまで絞めつづける。

ポキンという音がした。

男は床に倒れる。

わたしも崩れ落ちる。

アンダースンがこちらを見下ろし、わたしの顔に銃を向けている。

そして撃つ。

もう一発。

さらに、もう一発。

わたしは目を閉じ、最後に残ったわずかな力を求めて自分の奥底へ引っこむ。なぜか、体のなかから本能が生きろと叫んでいる。いつかソーニャとセアラにいわれたことを思い出す。特殊能力は枯渇《こかつ》することがある。わたしたちは力を使いすぎてしまうことがある。だから、そういうことに効果のある薬を開発しているところだと、双子はいっていた。

その薬がいま、ここにあったらいいのに。

アンダースンを見上げ、まばたきをする。彼の輪郭《りんかく》がぼやけて見える。彼はわたしの頭のすぐ後ろに立っていて、ぴかぴかのブーツのつま先がわたしの頭のてっぺんに触れている。わたしは体じゅうにひびくこだまのほかはよく聞こえず、周囲に降りそそぐ弾丸以外はなにも見えない。アンダースンはまだ撃っている。わたしの体に発砲しながら、わたしがもうもたないとわかる瞬間を待ち望んでいる。

死ぬんだわ。わたしは死ぬに違いない。死ぬのがどんな感じかは知っていると思っていたけれど、間違っていたみたい。これはまったく違う種類の死だ。まったく違う種類の苦痛だ。

それでも、死ななければならないのなら、その前にもうひとつだけやってみたほうがいい。

わたしは上に両手を伸ばす。アンダースンの両足首をつかみ、力いっぱい握りしめる。

そのまま骨を砕く。

彼の叫び声がわたしのぼうっとした頭のなかにひびきわたり、おかげでわたしはまたまわりが見えるようになった。すばやくまばたきしながら周囲を見回すと、初めてはっきり見えた。ケンジが部屋の隅《すみ》でぐったりしている。金髪の男は床に倒れている。

アンダースンは両足がなかった。

わたしは急に頭がはっきりしてきた。復活したらしい。これが希望のなせるわざなのか、希望が実際に人を復活させる力を持っているのかはわからない。けれど、アンダースンが床の上でもだえ苦しんでいるのを見ていると、確かになにかを感じる。まだチャンスがあると思える。

アンダースンは派手に叫びながら、必死に這《は》って後ずさる。両腕をつかって体を引きずり、逃げていく。銃はとっくに取り落としている。強烈な痛みとショックで、もう銃に手を伸ばすこともできないのは明らかだ。目に苦痛が見える。弱さも。恐怖も。いまになってやっと、自分の身に起きようとしていることの恐ろしさがわかってきたらしい。それがどんなふうに起きるのかが。かつて〝臆病《おくびょう》で自分の身を守ることもできない愚かな少女〟と呼んだ相手に、自分が殺されようとしていることが。

わたしはそのとき、彼がなにかいおうとしていることに気づく。しゃべろうとしている。たぶん、いいわけをしているのだろう。泣いているのかもしれない。ひょっとしたら、命乞《ご》いかも。けれど、わたしはもう聞く耳を持たない。

いうべきことは、なにもない。

わたしは後ろに手を伸ばし、ホルスターから銃を抜く。

そして、アンダースンの額を撃つ。

二発撃つ。

一発は、アダムのぶん。

もう一発は、ウォーナーのぶん。


わたしは銃をホルスターに戻す。まだ息のある、ぐったりしたケンジの体まで歩いていき、肩にかつぎ上げる。

ドアを蹴《け》り開ける。

通路をまっすぐ引き返す。

またドアを蹴《け》り開けてソーニャとセアラのいる部屋に入り、ケンジをベッドに下ろす。

「治してあげて」わたしはほとんど息もしていない。「お願い、治して」

がっくりと両ひざをつく。

ソーニャとセアラはすぐにとりかかった。なにもいわない。泣かない。悲鳴を上げたり、取り乱したりもしない。すぐさま治療に取りかかる双子を見て、わたしはますますふたりを好きになる。双子はケンジをベッドに仰向けに寝かせて両側に立つと、まずはそれぞれの手を彼の頭にあて、次に胸にあてる。

それから、ふたりで順番に交代しながら、彼の体のさまざまな箇所を回復させていく。やがてケンジの体がもぞもぞしはじめ、頭が前後に動きだした。まぶたはぴくぴくしているけれど、まだ開かない。

わたしは次第に心配になってくる。けれど極度の不安と疲れで、まったく動けない。

やっと、ついに、双子がベッドから一歩下がった。

ケンジの目はまだ開いていない。

「うまくいった？」わたしはたずねたものの、返事を聞くのが怖い。

ソーニャとセアラはうなずく。「いまは眠ってる」

「よくなる？　完全に回復する？」わたしは必死にたずねる。

「そう思うわ」とソーニャ。

「でも、二、三日は眠りつづけると思う」とセアラ。

「損傷がかなり深いところまで達しているけど」双子は声をそろえる。「なにがあったの？」

「圧力波にやられたの」わたしはささやくような声で答える。「ケンジは死んでもおかしくなかった」

ソーニャとセアラはわたしを見つめている。まだ待っている。

わたしは無理に立ち上がる。「アンダースンは死んだわ」

「ジュリエットが倒したのね」ふたりはつぶやく。質問じゃない。

わたしはうなずく。

双子はぽかんと口を開け、呆然《ぼうぜん》とこちらを見ている。

「さあ、行きましょう」わたしはいう。「戦いは終わった。みんなにも知らせなきゃ」

「でも、どうやって出ていくの？」とセアラ。

「そこらじゅうに兵士がいるのよ」とソーニャ。

「もう、いないわ」くたくたでいまはとても説明できないけれど、わたしは双子の協力に心から感謝する。ふたりがいてくれたことに、生きていてくれたことに感謝する。

わたしはふたりに小さくほほえむと、ベッドへ歩いていく。ケンジの体を引き上げて、うつ伏せでわたしの両肩に載せる。頭は左向きでいっぽうの腕はわたしの背中へ、もういっぽうはわたしの前にたらす。そして彼の両脚を右腕で抱える。

そのまま、上に揺すって肩にかつぐ。

「準備はいい？」わたしは双子を見る。

ふたりはうなずく。

わたしは先頭に立って部屋を出て、通路を進んでいく。一瞬、どうしたらこの船から出られるのか知らないのを忘れていた。けれど、通路は静かだ。負傷しているか、気絶しているか、死んでいる人しかいない。わたしたちは倒れた兵士の体をよけ、じゃまな腕や脚をどけて進む。動ける人間でまだ船にいるのは、わたしたちだけだ。

ケンジをかついだわたし。

そして、すぐ後ろをついてくるソーニャとセアラ。

ようやく見つけた梯子《はしご》をのぼる。ソーニャとセアラが両側からケンジを支え、先にのぼったわたしが手を伸ばしてケンジを引き上げる。この作業をさらに三回やらなくてはならなかった。そしてやっと上甲板《かんぱん》に出ると、わたしは最後にもう一度ケンジを肩にかついだ。

それから人気のない船の上を静かに歩き、栈橋《さんばし》に下りて、陸地に戻った。今度は戦車を盗んでもだいじょうぶ。だれかに見つかる心配はない。なにも気にすることはない。ただ仲間を見つけ、この戦いを終わらせることだけを考える。

道路の端に放置された戦車があった。ドアに手をかける。

鍵はかかっていない。

先に双子が乗りこみ、わたしと力を合わせてケンジを引き上げる。彼をなんとか双子のひざの上にのせると、わたしはドアを閉めて運転席に乗りこむ。指紋認証装置に親指を押しつけて、エンジンをかける。ウォーナーが、わたしたちがシステムにアクセスできるようにしておいてくれてよかった。

そこで初めて、わたしはまだ運転の仕方をよく知らないことを思い出す。

運転するのが戦車でよかった。

通りも、一時停止の標識も、気にしない。道路をはずれて、まっすぐセクターの中心部へ向かう。こっちから来たはずだと思う方向へ進む。アクセルを強く踏みすぎ、ブレーキも強く踏みすぎてしまうけれど、いまのわたしはなにも気にならない。

わたしには目標があった。第一段階は完了した。

そしてこれから、最後までやりとげる。

兵舎でソーニャとセアラを下ろし、いっしょにケンジを運びだす。ここなら、三人とも安全だ。ここなら休める。けれど、わたしはまだ休むわけにはいかない。

わたしはまっすぐ基地の上階へ向かう。エレベーターで、集会のときに降りた階へ行く。次々にドアを抜け、まっすぐ外へ向かい、例の中庭に出る。そこからさらに、てっぺんまでのぼる。地上三十メートルの高さだ。

ここから、すべてが始まったのだ。

ここには高所作業台と、セクターじゅうに設置されたスピーカーを通して放送するシステムがある。このことは覚えていた。頭はぼうっとして、手はまだ震え、自分のものではない血が顔や首についていても、これだけは忘れていない。

そういう作戦だ。

わたしが作戦を完了させなくてはならない。

キーパッドに暗唱番号を打ちこんで、カチッと音がするのを待つ。操作ボックスが開く。さまざまなヒューズやボタンに目を走らせ、〈全スピーカー〉と書かれたスイッチを入れる。大きく息を吸いこんで、通話ボタンを押す。

「第45セクターのみなさん」耳ざわりで、ざらついた声に聞こえる。「再建党のアンダースン総督《そうとく》は死亡しました。首都は陥落しました。戦いは終了です」全身が激しく震え、通話ボタンを押しつづける指がつるつる滑る。「くり返します。再建党のアンダースン総督《そうとく》は死亡しました。首都は陥落しました。戦いは終了です」

最後までいうのよ、と自分にいい聞かせる。

さあ、最後までちゃんといって。

「こちらはジュリエット・フェラーズ。今後は、わたしがこの国を率います。邪魔する者がいれば、だれであろうと徹底的に戦います」

エピローグ

わたしは一歩前に出る。震える脚はいまにもひざが曲がって折れてしまいそうだけれど、なんとか進みつづける。がんばってドアを抜け、エレベーターで下へ向かい、戦場へ出ていく。

戦場まで、長くはかからない。

地面には、血まみれの塊《かたまり》と化した無数の死体がある。けれど、それよりもっと多くの人々がまだ立っている。わたしが願っていた以上に生き生きとしている。終戦のニュースは予想より早く広がっていた。戦いが終わったことを知ってから、すでに少し時間がたっているようすだ。アンダースンの船から生きて出てきた兵士たちは、わたしたちの側についている。なかには、まだぬれていて、この寒空に凍えている者もいる。彼らがなんとか陸に上がり、わたしたちに襲撃されたことや、アンダースン総督《そうとく》はすぐにも殺されるだろうということを人々に伝えたに違いない。だれもがあたりを見回し、呆然《ぼうぜん》と顔を見合わせたり、自分の手を見つめたり、空を見上げたりしている。それ以外の人々はまだ死体の山に友人や家族がいないか調べては、安堵《あんど》や不安の表情を浮かべている。彼らの疲れきった体は、こんなことをつづけるのをいやがっている。

兵舎へ通じるドアが勢いよく開き、生き残った市民がどっと押し寄せ、愛する者との再会を求めて走る。ひどく荒涼としていながら同時にとても美しいこの光景に、わたしは一瞬、苦悩の声を上げるべきなのか歓喜《かんき》に叫ぶべきなのかわからなくなる。

わたしはまったく叫ばない。

前へ歩き、無理やり脚を動かして、自分の体に懇願《こんがん》する――お願いだから、ふらつかないで。今日という日が終わるまで持ちこたえて。残りの人生をつづけさせて。

みんなに会いたい。無事を確かめたい。みんな無事だということを、この目で確認したい。

けれど、わたしが人々のなかへ歩きだしたとたん、第45セクターの兵士たちの統制がくずれた。

戦場で血にまみれて疲れきった兵士たちが、あたりに残る死の痕跡にもかまわず、声を張り上げ、歓声を上げて、通りすぎるわたしに敬礼する。わたしは周囲を見回して、彼らがわたしの兵士になってくれたことに気づく。彼らはわたしを信頼し、いっしょに戦ってくれた。これからは、わたしも彼らを信頼しよう。彼らのために戦おう。今回の戦闘は、これからたくさん待ち受けているだろう戦いの第一戦だ。こんな日がこれからたくさんあるだろう。

わたしは血にまみれている。特殊な服は破れ、木の破片やつぶれた金属片で穴だらけになっている。手はひどく震えていて、もう感覚がない。

それでも、とても落ち着いている。

信じられないくらい落ち着いている。

ついさっき起きたことの重大さが、まだ実感できていないようだ。

戦場を横ぎるわたしに伸びてくるたくさんの手や腕に触れないようにするのは、不可能だ。それは奇妙な感覚だった。この状況で自分がたじろがないことが、自分の手を隠さないことが、わたしに触れてくる人たちを傷つける心配がないことが、とても奇妙に思える。

わたしにさわろうと思えば、だれでもさわれる。もしかしたら多少は傷つくかもしれないけれど、もうわたしの肌が人を殺すことはない。

なぜなら、わたしはもう、けっして自分の力をそこまで暴走させることはないから。力をコントロールできるようになったから。

ひどく荒涼としたところだと思いながら、わたしは居住区を歩いていく。まずは、ここから手をつけなきゃ。みんなの住む家を建て直さなくちゃ。修復しなきゃ。

わたしたちはもう一度、スタートする必要がある。

居住区にならぶ小さな家のひとつに目をつけ、横からのぼる。二階部分ものぼりつづけ、手を伸ばして屋根にしがみつき、屋根の上に体を引き上げる。ソーラーパネルを地面へ蹴《け》り落とし、屋根のてっぺんの真ん中に立って、まわりの人々を見わたす。

知っている顔を探す。

わたしに気づいて、こっちに出てきて。

お願い。

家の屋根に立って、何日も、何ヵ月も、何年もたったように感じるのに、見えるのは兵士たちとその家族の顔ばかり。わたしの友だちはひとりも見あたらない。

体が揺らぎ、めまいに負けそうになる。心臓の鼓動《こどう》は速く、激しい。あきらめよう。

これだけ長い時間立っているのだから、人々の注目を集めて顔を覚えてもらうことはできたはずだ。わたしがここに立ってなにかを――だれかを――待っているという噂も広がっただろう。

また人々のなかに飛びこんで、仲間の死体を探そうと思ったとき、希望に心臓を鷲《わし》づかみにされた。

ひとり、またひとりと、現れる。戦場のあちこちの隅《すみ》から、兵舎の奥から、居住区の向こうから。血を流し、あざのできた姿で。アダム、アーリア、キャッスル、イアン、リリー、ブレンダン、ウィンストンが、ばらばらにこちらへ近づいてくる。着いた者は、ふり向いて仲間の到着を待っている。ウィンストンは泣いている。

ソーニャとセアラが、兵舎からケンジを連れてくる。小さな歩幅で少しずつ近づいてくる。ケンジの目はほんの少しだけれど開いている。ほんとに頑固《がんこ》なんだから。寝ていなきゃいけないときに、必ず起きている。

みんなのところへ、ジェイムズが走ってくる。

お兄さんのアダムに体当たりして、脚にしがみつく。アダムは弟を抱き上げて、わたしがいままで見たことのないような笑顔を浮かべる。キャッスルは満面の笑みで、わたしにうなずきかける。リリーは投げキッスをくれる。イアンは手で鉄砲を撃つまねをしておどけている。ブレンダンは手をふり、アーリアは見たことがないほどはしゃいでいる。

そんなみんなを眺めているわたしは、揺るぎない笑顔で、意思の力だけで立ちつづけている。まだ目をこらし、わたしの仲間の最後のひとりが現れるのを待っている。彼がわたしたちを見つけるのを待っている。

けれど、ここに彼はいない。

この凍《い》てついた土地に散らばる数千人の人々に目を走らせても、彼の姿は見えない。どこにもいない。その瞬間、恐怖に腹を蹴《け》りつけられて、わたしのなかから空気が、希望が抜けていく。激しくまばたきして、わたしはなんとか持ちこたえようとする。

足下で金属の屋根が震えている。

音のするほうを向き、胸を高鳴らせていると、一本の手が伸びてきた。


彼は屋根の上に体を引き上げ、とてもしっかりした足取りでこちらへ歩いてくる。落ち着きはらったようすは、まるでわたしたちの今日の計画は、いっしょにここに立って、死体と喜ぶ子どもたちで満ちた世界を眺めることだけだったかのようだ。

「エアロン」

彼に抱き寄せられる。

力が抜ける。

彼に触れられて、わたしの体のあらゆる骨、あらゆる筋肉、あらゆる神経がほどけてしまい、わたしは彼にしがみつく。命がけですがりつく。

「わかっていると思うが」彼はわたしの耳元でささやく。「これから、全世界が攻撃してくるぞ」

わたしは体をそらして、彼の目を見つめる。

「そのときが待ちきれないわ」

謝辞

ようやく最後までたどりつきました。

ここ、ゴールラインに来て、とたんに言葉を失っています。どれだけ言葉をつくしても、いかに多くの方々に助けられたか、いかに多くの方々がこの本を手に取ってくださったか、いかに多くの方々の気持ちがこの物語を形作ってくださったか、とても表現しきれません。みなさんはずっとそこにいて、わたしと共に読み、わたしにメッセージをくれ、わたしを励まし、つらいときもずっと力になって、いつもわたしの手を握っていてくれました。ハーパーコリンズとライターズハウスのたくさんの大切な友人たち。いつも揺るぎない、わたしの家族。地上の天使、ランサム・リグズ。魔法使い、タラ・ウェイカム。聖人、ジョディ・リーマー。

そして、あなた。親愛なる読者のあなたに、心から感謝いたします。

紙上やインターネット上でのあなたの支えと愛と友情に助けられました。わたしと共にジュリエットの旅についてきてくださって、ありがとうございます。心から感謝いたします。この最終巻を気に入っていただけることが、わたしの大きな願いです。

愛をこめて　タヘラ

訳者あとがき

IGNITE

これは、二巻で登場したウォーナーの背中のタトゥーだ。火をつけろ、燃えろ、といった意味だが、主人公ジュリエットがそのタトゥーの意味をたずねても、ウォーナーははぐらかすだけで、ちゃんと答えてはくれなかった。そのミステリアスな言葉が、本書三巻のタイトルになっている。

これまでの一巻、二巻では、ジュリエットがタイトルに象徴される変化を見せてきた。

一巻では、触れると相手の命を奪いかねない肌を持つ自分を呪い、両親にさえ愛されない運命に絶望し、こんな自分を粉々に《シャッター》してほしい《ミー》と思っていた。次の二巻では、自分の特殊能力の謎を解き《アンラヴェル》、人間関係のもつれを解き《アンラヴェル》、悩みつづけてきた自分の本当の気持ちを少しずつ解いて《アンラヴェル》いく姿が描かれた。

そこで、本書の『イグナイト ミー』――〝わたしを燃え立たせて〟。

前巻までの弱気から一転、強気のタイトルだ。一歩進んではためらい、また進んでは立ち止まる、そんなじれったいジュリエットはもういない。二巻で〝ほんとうのわたし〟に気づいた彼女が、さらに〝あたらしいわたし〟へと脱皮を遂げる。何度恐ろしい目に遭っても、絶望的な状況に果敢に立ち向かうジュリエットの姿に、うちひしがれた仲間や町の人々が励まされ、ふたたび希望を持って立ち上がるようすは、現代の世界各地で起きている悲惨な状況に絶望しそうになっている人々にも力をあたえてくれる気がする。

作者タヘラ・マフィはこのデビュー作で、世界二十三カ国で翻訳されるほどの成功を収めた。

次回作が気になるところだが、二〇一六年八月末に出版されている。ヤングアダルトよりもう少し低年齢向けのファンタジーで、タイトルは『Furthermore』。〝それから〟とか〝さらに〟といった意味だ。

主人公は色彩のあふれる町に生まれた、色素を持たない女の子アリス。母親にも兄弟にもかえりみられず、父親だけがかわいがってくれる。その父親がある日、物差しを持って出かけたまま行方不明になってしまう。いろんな噂がささやかれた。「海を測りに行ったんだ」、「いや月へ行ったのさ」、「飛ぶ方法を身に着けて空へのぼったものの、帰り方を忘れてしまったんだ」。そして行方不明から六年たったころ、アリスは大好きな父親を捜しに冒険へ乗り出す――魔法と冒険と友情の物語になっているようだ。この作者の作品なら、児童書とはいえ、大人にも訴えかけてくる深い内容になっていると思う。

二〇二〇年現在では、さらに作品が増えている。『シャッター ミー』シリーズの続編とスピンオフ作品、『Furthermore』の続編、全米図書賞（児童書部門）のロングリストに入った『A Very Large Expanse of Sea』。

作者は『シャッター ミー』シリーズのような陰鬱な世界でも、ところどころで小さな幸せを描いて読む者の顔をほころばせてくれた。絶望のなかにひっそりと息づく希望を表現するのがとてもうまい素敵な作家だと思う。これからの活躍もぜひ期待したい。

今回も原文とつきあわせをしてくださった石田文子さんに大変お世話になりまし

た。心から感謝いたします。

二〇二〇年三月

金原瑞人・大谷真弓

◎本作品はフィクションです。実在の人物、団体とは
一切関係はありません。

IGNITE《イグナイト》 ME《ミー》　少女の想いは熱く燃えて〈下〉

潮文庫　タ－6

2020年　5月20日　初版発行

著　　者　タヘラ・マフィ
訳　　者　金原瑞人、大谷真弓
発 行 者　南 晋三
発 行 所　株式会社潮出版社
〒102-8110
東京都千代田区一番町6　一番町SQUARE
電　　話　03-3230-0781（編集）
03-3230-0741（営業）
振替口座　00150-5-61090
印刷・製本　株式会社暁印刷
デザイン　多田和博

ISBN978-4-267-02206-7 C0197

潮出版社　好評既刊